이달의 장르소설

이달의 장르소설

8

청 예

조은성

김성준

노네임

김은선

김채은

고즈넉
이엔티

이달의 장르소설8

1쇄 발행 2023년 2월 7일

지은이 청예, 조은성, 김성준, 노네임, 김은선, 김채은
펴낸이 배선아
편 집 김현석
디자인 이승은
펴낸곳 고즈넉이엔티

출판등록 2017년 3월 13일 제2022-000078호
주   소 서울특별시 마포구 성지1길 35, 4층
대표전화 02-6269-8166 **팩스** 02-6166-9199
이 메 일 gozknockent@gozknock.com
홈페이지 www.gozknock.com
블 로 그 blog.naver.com/gozknock
페이스북 www.facebook.com/gozknock
인스타그램 www.instagram.com/gozknock

ⓒ 청예·조은성·김성준·노네임·김은선·김채은, 2023
ISBN 979-11-6316-845-4 03810

표지 일러스트 Designed by Getty Images Bank

차례

엔젤아줄

청예

매일 늦잠을 자지만 글만큼은 부지런히 쓰는 사람. 글쓰기 모임 '조금 적어도 좋아'의 소설 집필 호스트로 활동 중이다.

2021 교보문고 스토리공모전 단편 우수 「웬즈데이 유스리치 클럽」, 2021 컴투스 글로벌 문학상 최우수 「초능력이 생긴다면 아빠부터 없애볼까」, 2021 K스토리 공모전 최우수 「물망초식당」, 2022 K스토리 공모전 최우수 「폭우 속의 우주」를 수상했다.

우리의 미래는 깊은 바다에 있다.

비유가 아니다. 진실로 그곳에 있다. 100년 전에 발견된 심해 광물 엔젤아줄(ángel azul)을 5그램만 캐내도 한 달 생활비를 너끈하게 벌 수 있다. 옆 동네 이웃은 운이 좋아 300그램짜리 덩어리를 캐냈는데, 그 덕에 헤일로 시티에 조그마한 떡볶이 가게를 차렸다. 그들은 이제 더 이상 엔젤아줄을 찾기 위해 숨을 참고 바다에 뛰어들지 않는다. 편안하게 떡볶이를 판매하며 내일을 준비할 수 있게 됐다.

"쟤네 둘은 매일 학교 끝나고 엔젤아줄 캐러 다닌대."

"빨리 죽겠네. 거지들."

"해인(海人)으로 안 태어나서 다행이다."

바다에 미래가 있으므로, 바다를 놓지 못하는 해인들은 불쌍한 자라 모욕당했다. 복권방이 빈자들의 놀이터가 되듯이 행운을 품은 바다를 기웃거리는 건 이 나라에서 가장 계급이 낮은 해인들뿐이다. 부자들은 우리가 고단하게 캐낸 엔젤아줄을 구매했다. 화석 원료보다 월등한 에너지원인 심해 광물을 안락하게 얻기 위해 그들은 더욱 소리 높여 말했다. 우리의, 아니, 해인의 미래는 바다에 있다고.

에리카와 나는 퍼시픽 시티에서 가장 잠수를 잘하는 소녀들이었다. 신은 악랄하게 공평하여 우리에게 사무치는 환경과 뛰어난 폐를 함께 줬다. 퍼시픽 시티의 가장 허름한 집에서 제일 숨을 잘 참는 딸들이 태어났다는 건 신이 존재한다는 증거일지도 몰랐다. 그러니 엄마는 매일 내게 부탁했다. 아무리 잠수가 괴롭고 힘들어도 믿음을 가지라고 말이다.

내가 믿는 신이 누구든 간에 그자가 존재하는 이상, 믿으면 구원받는다는 생각 때문이었다.

"에리카, 만약 오늘 내가 뒤지면 엄마한테 전해줘. 신은 없을 거라고."

"한 50년 뒤쯤 전해줄 테니까 오늘도 죽지 말자."

"넌 신을 믿어?"

"응. 우리 엄마도 믿었거든. 근데 다이빙 전에는 신만큼이나 너를 믿어. 파트너를 믿으니까 잠수하는 거야. 대신에 넌 나를 믿으면 돼. 꽤 낭만적이지?"

"약해빠진 사람이나 그런 걸 믿는 거야."

에리카는 손목에 다이빙 팔찌를 감고서 몸을 풀었다. 이 팔찌는 살아있는 동안에는 아무런 역할을 못 하지만, 주인이 죽은 뒤에는 매우 중요했다. 해인들이 심해에서 죽게 되면, 즉시 사망 시그널을 생성해 관제센터에 전송했다. 그리고 블랙박스 칩에 담긴 영상을 유가족들에게 전달하여 그들의 가련한 자녀가 목숨을 다했으니 서둘러 장례를 치르라 독촉했다.

엔젤아줄로 인한 죽음이 늘어난 탓에 시체 회수에 소비되는 불필요한 사회적 지출을 막기 위한 조치였다. '조치'라는 건 그들끼리의 단어였다. 복권방을 기웃거리지 않아도 되는 이들 말이다.

우리는 마지막으로 호흡기를 입에 물었다. 다이빙 채비를 끝낸 에리카는 절벽의 암석 사이에 핀 바다꽃을 꺾어 내게 줬다. 푸른색과 녹색이 혼재된 잎은 언제 봐도 아름다웠다. 꽃에서는 깊은 바다의 물비린내가 났다.

"가서 엄마 드려. 꽃 좋아하시잖아."

"그럴게. 에리카 네가 줬다고 하면 좋아하실 거야."

"후. 준비하자."

"오늘도 무사히."

우리는 심호흡을 하고 일제히 하늘로 뛰어올랐다. 그리고 중력에 의해 머리가 아래로 고꾸라지며 바다로 추락했다.

첨벙, 더 큰 첨벙.

수면을 뚫고 물 안으로 진입할 때 하얀 물보라가 피어났다. 나는 그 물보라를 목격함과 동시에 호흡기를 꽉 물었다.

자원 채굴 장비를 사용하면 좋겠지만, 퍼시픽 시티의 심해에는 암석이 많고 유속이 빨랐다. 장비를 사용하기 까탈스러운 조건이었다. 그래서 해인들은 최소한의 장비만을 가지고 직접 바다로 뛰어들었다. 해인들은 잠수에 능해 호흡이나 수압 문제로 사망하는 경우는 드물었지만, 그럼에도 이곳에는 매년 많은 이들이 죽었고, 어느 지역보다 많은 엔젤아줄이 수확됐다.

우리들의 목숨은 누가 쥐고 있을까, 바다? 아니다.

목숨은 용이 쥐고 있다.

엔젤아줄은 심해일수록 더 많이 분포돼 있는데, 저 깊은 바다에서 죽다 살아 돌아온 사람들은 하나같이 정체불명의 '해룡'을 봤다고 증언했다. 비늘과 수레바퀴, 커다란 손 모양 날개를 가진 끔찍한 외형의 괴생명체. 도시에서 가장 숭고한 계급으로 취급받는 수사들은 해룡을 신이 심어놓은 악마라 단언했다. 그러며 덧붙이기를, 해인들은 전생에 많은 죄를 지었기에 그 업보로 악마인 해룡에게 삼켜지고 대신에 엔젤아줄을 얻는다고 했다.

그러나 나는 전생을 알지도, 느끼지도 못했다.

해룡은 엔젤아줄을 훔치러 온 해인들을 낚아채 심해로 끌고 갔다. 해룡의 손에 닿은 이들의 다이빙 팔찌는 모두 빠짐없이 육지에 사망 시그널을 보냈다.

동료 대신 엔젤아줄을 품에 안고 허겁지겁 육지로 달아난 해인들은 대부분 미쳐버렸다. 그들은 정신병원에서 매일 알 수 없는 말을 되풀이했다. 죄책감 때문인지 죽음의 공포로 인한 트라우마인지는 분간이 어려웠다. 애석하게도 죽은 이들 중 신뢰도 높은 의료지원을 받을 수 있는 이들은 적었다. 엔젤아줄을 구매하는 계급인들은 해인들이 고통 속에 혼란스러워하는 상황을 틈타 말도 안 되는 가격에 광물을 매입했다.

그리고 관제센터에서는 블랙박스 칩으로 살펴본 영상이 한결같다고 말했다. 생존자들이 자신만 살기 위해 동료를 희생했다고.

이처럼 끔찍한 통보로 인하여 생존자들은 다시 바다

로 들어가 스스로 목숨을 끊었다. 죄책감을 겨우 이겨
낸 존재는 엄마뿐이었다.

에리카와 함께 바다 깊은 곳까지 잠수했다. 바다에
서 스스로 하얗게 발광하는 광물이 엔젤아줄이므로,
잠수경 너머로 발견하는 건 비교적 쉬운 일이었다. 단
1그램만으로도 어마어마한 빛을 내뿜었다. 그래서 해
인들은 엔젤아줄을 '희망'이라 부르기도 했다. 어둠 속
에서도 찬란하게 빛이 나니 딱 어울리는 이름이었다.
우리도 밝은 희망이자 미래를 찾기 위해 좀 더 힘차게
다리를 휘저었다.

'4시 방향 50미터 아래.'

그때 에리카가 수신호를 보냈다. 빛을 발견한 모양
이었다. 이미 충분히 깊은 곳이지만, 과연 엔젤아줄은
심해에 있구나. 에리카의 손끝이 가리키는 곳에 하얀
점 하나가 보였다. 그녀가 먼저 가까이에 접근했고, 우
리는 준비한 채굴 장비를 허리춤에서 분리했다.

잭팟! 한눈에 보아도 100그램은 넘어 보이는 사이즈
였다. 나는 흥분을 감추지 못한 채로 열심히 채굴을 진
행했다. 어찌나 뿌리 깊게 박혀있는지 쉽게 나오지 않
았다. 수압 때문에 헛손질을 하기도 했는데, 내가 실수
할 때마다 에리카의 잠수경 너머로 달처럼 휘는 눈이

보였다.

'멍청이.'

그녀가 장난기 가득한 수신호를 보내며 나를 놀렸다. 어두컴컴한 공간임에도 우리는 함께 있으면 웃는 일을 마다하지 않았다. 박자에 맞춰 채굴 속도를 재조절했다. 천천히 하더라도 정확한 채굴이 중요했다. 점점 더 광물이 내뿜는 빛은 거세졌다. 눈이 시큰해질 정도였다.

에라카가 잠시 장비를 허리춤에 꽂고서는 사방을 둘러봤다. 그녀는 이내 웃음기가 사라진 얼굴로 수신호를 보냈다.

'육지로 부상했다가 다시 캐자.'

엔젤아줄의 상태를 확인했다. 조금만 더 뽑으면 뿌리까지 건져 올릴 수 있었다. 이대로 돌아갔다가는 다른 해인들 좋을 일만 시켜주는 꼴이 될지도 몰랐다.

'왜?'

'8시 방향 500미터 아래. 소용돌이.'

나는 황급히 8시 방향으로 내려다보았다. 유속이 바뀌고 있는 게 느껴졌다. 하지만 걱정할 정도는 아니었다. 에리카는 오래전 어머니를 바다에서 잃었기 때문에 굉장히 조심스러운 편이었다.

'아무것도 안 보이는데?'

'보이는 게 다가 아니야. 피부로 느껴봐.'

'이것만 채굴하고 바로 올라가자.'

'안 돼. 지금 가야 해.'

'금방 할게.'

'위험……'

발밑에서 거센 돌풍이 일었다. 그녀의 수신호가 끝을 맺기도 전에 나는 시야를 잃었다. 거대한 물거품이 몰아치고 앞이 흐려졌다. 처음 겪는 돌발 상황이었다. 나는 패닉에 빠져버렸고, 흔들리는 몸을 주체하지 못했다. 팔을 휘적거리며 공포에 삼켜졌다.

그때 에리카가 정처 없이 흔들리는 팔을 붙잡았다.

'내가 네 옆에 있어.'

그녀는 두려워하지 말라 나를 진정시켰다. 그리고 다른 손으로 엔젤아줄을 가리켰다. 돌풍의 충격 때문에 뿌리 끝까지 암석 밖으로 튕겨 나온 상태였다. 나는 재빨리 엔젤아줄을 품으로 끌어안아 포획에 성공했다.

'대박!'

엄지를 치켜세워 기뻐했다. 이 정도 크기면 우리도 떡볶이 장사를 할 수 있어.

그러나 행운이 대가로 요구한 건 커다란 불행이었

다. 에리카의 등 뒤로 시야를 꽉 채울 만큼 육중한 짐 승이 나타났다. 물결을 오오라처럼 감고 있는 해룡이 었다. 어두운 바닷속이라 잘 보이진 않았지만 듣던 대 로 수레바퀴를 이고, 넓적한 손 날개를 등에 꽂은 괴상 한 물체였다. 그가 입을 벌리자 심해가 격동했다.

죽음이 코앞이었다.

우리는 안간힘을 다해 육지로 헤엄쳤다. 해룡이 몸 짓을 취하자 돌풍이 또다시 일었고, 순간 호흡기에 크 랙이 생겼다. 숨을 들이쉴 때마다 물이 조금씩 스며오 는 걸 감지했다. 나는 몹시 당황하여 제대로 헤엄치지 못한 채 다시 허우적거렸다. 에리카가 곁으로 다가와 내 상태를 보더니 급히 자신의 호흡기를 벗었다.

'이거 써.'

그녀는 내 장비와 자기 장비를 교체했다. 하지만 내 몫이었던 호흡기는 이내 파손돼버렸고, 에리카는 더 이상 장비를 입에 물지 않고 뱉어버렸다. 잠수경 너머 로 비친 그녀의 온몸은 호흡기가 사라진, 완전한 맨몸 이었다.

'미쳤어?'

해룡은 금방 우리를 따라잡았다. 칠흑 같은 물길 속 에서 아무것도 보이지 않았지만, 섬뜩한 눈동자는 보였다. 그 눈은 내가 품고 있는 엔젤아줄과 똑같은 빛을 뿜었다. 순간 에리카는 나를 육지 방향으로 힘껏 밀쳤다. 그리고는 수신호를 보냈다.

'걱정 마.'

너무나 빠르게도 해룡이 그녀를 삼켰다. 거센 물결 중심부에서 용이 이고 있는 커다란 수레바퀴가 돌아갔다. 해룡의 등에 박힌 건지, 그의 몸체 일부인지 알 수 없었다. 확실한 건 에리카가 잡아먹혔다는 사실뿐.

나는 벌벌 떨며 육지로 달아났다.

* * *

한동안 악몽에서 벗어나지 못했다.

에리카와 함께했던 기억 위로 새빨간 핏물이 흘렀고 그녀는 바닷물을 토하며 죽었다. 나는 꿈속에서도 에리카의 손을 잡아주지 못했다. 그녀는 어떻게든 내 손을 뿌리치고 죽었다. 잔인할 정도로 그녀에겐 희생하려는 의지가 있었다.

잠에서 깨어나면 눈물을 닦으며 소리를 내질렀다. 바닥에 머리를 찧고 끔찍한 이미지를 지우려 애썼다. 보이는 게 다가 아니라는 그녀의 수신호를 따랐다면 죽지 않았을까. 아무리 생각해도 내 탓이었다.

엔젤아줄을 캐러 갔다 동료를 잃은 사람들이 왜 바다로 되돌아갔는지를 알겠다. 그들은 이기심으로 동료를 희생한 게 아니었다. 동료에게 삶을 양보받았고, 그 대가로 영겁의 죄책감을 느껴야만 했다. 당사자가 돼야만 목격할 수 있는 진실이었다.

'리에, 선량한 자들이 죽지 않았다고 믿으렴.'

엄마는 조용히 다가와 수신호로 나를 위로했다. 그녀는 내가 아주 어린 시절부터 말을 하지 않았다. 사람들은 엄마가 언어를 상실했다고 하지만, 나는 그녀가 혼자만의 쓸모없는 의식을 치르고 있다는 사실을 안다. 아무튼 그 탓에 우리의 대화는 세상에서 가장 조용한 방식으로 이뤄졌다.

엄마의 수신호는 오늘따라 쓸모가 없었다. 에리카의 다이빙 팔찌는 이미 사망 시그널을 송신한 상태였다. 그녀는 죽었고, 되돌아오지 못했다. 그리고 나는 그녀를 죽인 이기적인 동료로 퍼시픽 시티에 소문이 나버렸다. 나는 엄마의 손에 챙겨 먹어야 할 알약을 쥐여줬다. 목소리를 단념한 엄마에게는 오랫동안 마음의 병이 있었고 이제 그 병을 나도 얻게 될 거다.

나는 캐내 온 엔젤아줄을 바라보며 괴로워했다.

"이거 당장 팔아버려. 꼴도 보기 싫어."

100그램짜리 엔젤아줄을 캐냈다는 소식이 전달된 뒤, 수많은 계급인들로부터 구매 제안이 쏟아졌다. 내가 노래를 부르고 다녔던 떡볶이 가게를 분점까지 차리게 해주겠다며 침을 튀겼다. 하지만 에리카에게 조의를 표하는 이는 없었다.

그들은 말했다. 우리 같은 해인이 미래를 얻기 위해서 몇몇 희생쯤은 필수라고. 마지막엔 눈썹을 씰룩거리며 물었다. 나는 어느 정도로 미쳐있는 상태냐고.

엔젤아줄 덩어리를 엄마의 품에 밀어 넣고는 거실로 나갔다. 지금은 그녀와 함께 있고 싶지가 않았다. 바깥에는 내 마음처럼 비가 내리고 있었다. 한여름의 태풍이 날씨를 마구 휘저으며 퍼시픽 시티를 괴롭혔다.

엄마는 엔젤아줄 대신 뭔가를 품에 안은 채로 거실까지 따라 나와 등을 두드렸다. 나는 돌아보지 않으려 했다. 대화하고 싶지가 않았으니. 그럼에도 그녀는 포기하지 않았다.

"왜!"

참지 못해 고개를 돌렸을 때 그녀는 자신이 믿는 성서를 내밀어 펼쳤다. 거기에는 고대 선조들의 신을 향한 찬양과 신앙이 기록돼 있었다.

'나를 위해서가 아니라 너를 위해 믿어야 해. 그래야 우리는 미치지 않아.'

"살아있던 사람이 죽은 마당에 그깟 게 무슨 소용이 있어!"

엄마는 이미 미쳐있는지도 모른다. 아주 오래전, 나와 똑같이 엔젤아줄을 찾다가 동료를 잃었다고 했다. 그날을 기점으로 엄마는 자신의 목소리로 어떤 말도 꺼내지 않았다. 지금 이 집을 이루고 있는 모든 가전과 가구, 집기들은 그때 동료의 죽음과 맞바꾼 엔젤아줄 덕이었다.

문득 모든 게 역겹게 느껴졌다. 엄마는 그녀의 친구를, 나는 내 친구를 상실했다. 그깟 미래가 뭐라고. 현재를 함께했던 이를 해룡에게 팔아넘겼다. 그럼에도 엄마는 나와 함께 울어주지 않았다. 짜증 나는 성서를 내밀며 자꾸만 믿으라고 했다.

나를 위해 믿으라고?

가슴에 끓어오르는 분노를 참을 수가 없었다. 이 갑갑한 공간에서 벗어나야 했다. 나는 엄마의 손과 책을 뿌리친 채 밖으로 나가버렸다.

노라는 가장 높은 언덕 위에서 살고 있다.

그녀는 잠수 기술이 없어 다이빙을 전혀 하지 못하는 친구였다. 마리스 가의 마지막 후손인데, 언덕 위의 오랜 집을 지키며 사는 일에 평생을 바치는 중이었다. 한때는 유서 깊은 해인들이 사는 곳이었지만 그들은 모두 바다에서 죽거나, 정신병원에서 뛰쳐나와 스스로 목숨을 끊었다. 그러니 이 가난한 가문에서 노라가 아무런 잠수 기술도 터득하지 못한 건 어찌 보면 가문의 비극을 피할 축복이었다.

집에 홀로 남은 노라는 먼 바다를 바라보고 있었다. 나와 에리카는 그날의 다이빙이 끝나면 노라의 집에서 함께 핫초코를 먹자고 약속했었다.

반만 남은 약속을 들고 문을 두드렸다.

"어서 와. 늦었네."

"생각을 정리하느라."

내 몸과 함께 축축한 빗물이 현관 안으로 들이쳤다. 나는 서둘러 문을 닫고 옷을 턴 다음 소파에 앉았다. 노라는 커다란 머그잔이 가득 찰 정도로 핫초코를 잔뜩 끓여줬다.

"에리카의 몫까지."

우리는 동시에 컵에 입을 갖다 댔다. 입술 틈을 파고드는 핫초코는 무척 달고, 뜨거웠다. 노라는 내게 전후 사정을 묻지 않았다. 그녀는 사려 깊은 사람이었기에.

"홍수가 날 거야."

"비가 많이 오긴 하네."

"그냥 비가 아니야. 예언대로 되는 거야."

"예언?"

노라가 책장에 꽂힌 책 한 권을 꺼내왔는데, 그건 엄마가 갖고 있던 성서와 똑같은 책이었다. 그 징글징글한 믿음을 피해 여기에 왔는데 똑같은 물건을 보니 짓밟힌 잡초처럼 기분이 으스러졌다.

"대체 그걸 왜 이리 믿는 거야. 대단한 말이라도 적혀 있어?"

그녀가 책갈피를 끼워놓은 부분을 펼쳐 손끝으로 훑더니 나지막이 답했다.

"이로 말미암아 그때 물이 넘치므로 멸망하였으되. 심판이 곧 진행될 거야."

짜증이 났지만 차마 노라의 손까지 내려칠 순 없었다.

"그래서 뭐. 그깟 종이 쪼가리 믿으면 구원이라도 받아? 나약한 짓 하지 마. 그걸 믿던 에리카도 죽었어!

넌 바다에 빠져본 적이 없으니 모르겠지만 이 세상에는 신이 아니라 해룡이 살아 해룡! 바다엔 악마가 산다고!"

"난 신한테 관심 없어. 그래도 이 책을 믿어야 해."

"대체 왜?"

"여기엔 선량한 이들이 모두 구원받는다고 적혀 있어. 나는 여태껏 엔젤아줄을 위해 바다로 내몰렸던 사람들이 전부 구원받길 바라고 있어. 죽은 이를 애도하는 방법 따위 모르니까 이 책이라도 믿는 거야. 제발, 이 글들이 전부 사실이라 내 가족들이 천국으로 갔길 바라면서."

노라가 창밖을 바라보며 찬 숨을 뱉었다. 가장 높은 언덕의 집답게 도시 전경을 한눈에 담을 수 있었다. 바깥에서는 억수 같은 비가 미친 듯이 쏟아졌고, 노라는 마른 수건으로 창을 닦았다. 좀 더 선명히 빗속의 전경이 보였다.

"내게 믿음은 애도야."

선뜻 고개가 끄덕여지지 않았다.

"헛소리야."

나는 노라를 거실에 홀로 남겨둔 채 그녀의 침대 위에 멋대로 몸을 파묻었다. 한숨 자고 나면 비가 멎길 바라면서.

* * *

꿈도 꾸지 않을 정도로 깊은 잠에 빠져 있다가 기온이 떨어진 탓에 몸을 뒤척였다. 바깥 날씨가 점점 더 나빠졌다. 이불을 턱 끝까지 끌어 올리고 다시 잠을 자려 했지만, 방 밖에서 어수선한 소리가 들려왔다. 분명 노라 혼자 사는 집인데 웬 사내들의 목소리였다.

불길함을 느끼고 침대 프레임에 다리를 걸쳤다. 밖으로 나가봐야 하나 말아야 하나 고민했다. 와중에 빗소리는 잠들기 전보다 훨씬 더 커졌다.

"당장 가야 해, 해룡이 더 진노하기 전에!"

"노라, 빨리 나와."

"빨리!"

정체불명의 사람들이 노라를 어디론가 데려가려 했다. 뒤늦게 정신이 번쩍 들어 옷매무새도 정리하지 못한 채 방문을 벌컥 열었다.

얼핏 봐도 품계가 백작 이상으로 보이는 사람과 인부들, 총 다섯 명 정도가 노라의 팔을 붙들고 있었다.

"뭐예요! 노라, 어디 가려고 그래?"

하지만 정작 노라는 저항하지 않았고, 창문 너머의 세상에서는 물을 퍼붓는 수준의 비가 내리고 있었다. 외부인이 부주의하게 열어놓은 현관으로 자꾸만 물이 들어왔다.

우리의 신발은 이미 젖어버렸다.

"나는 바다로 가게 될 거야. 말했잖아, 심판이 시작될 거라고."

"뭐? 네가 왜 가."

"걱정하지 마. 어차피 나는 여기에서 더 살아봤자 의미가 없어."

그들은 노라를 끌고 밖으로 나갔다. 나는 멈추라는 말을 반복했지만, 그들은 나를 투명 인간 취급했다. 아무리 절규해도 듣지 않았다. 굉음 같은 폭우 소리 역시 내 목소리를 자꾸만 묻었다. 젖어버린 신발을 신지 않고 맨발로 현관문 바깥까지 그들을 따라나섰다.

언덕 아래의 도시는 엉망이었다. 커다란 종탑이 왼쪽으로 기울고, 낮은 건물들은 이미 물에 잠겼다. 미친 속도로 질주하는 물들이 삽시에 세상을 수몰하려 했다.

"잠깐, 저 애가 그 말 없는 해인의 딸이지? 쟤도 데려가자. 혹시 몰라."

"뭐예요, 놔요, 뭐 하는 거예요!"

그들은 엄마에 대해 의미심장한 언급을 하고서는 나까지 함께 끌고 갔다. 우리는 마차의 낡은 짐칸에 그대로 실려졌다. 돼지나 닭을 옮기는 공간인지 가축 냄새가 진동했다. 달아나려 했지만 바깥의 잠금쇠가 빠르게 채워졌다.

말이 바다를 향해 달리기 시작했다.

"리에, 겁먹지 마. 지금부터 내가 하는 말을 잘 들어야 해."

"이게 대체 무슨 일이야? 도시에 홍수가 났는데 우리가 왜 위험하게 바다로 가고 있는 거야!"

"나는 제물이 될 운명이야."

이게 무슨 헛소리인가. 노라는 역정을 내는 나를 차분히 다스리려 애쓰며 말을 이어갔다.

"우리처럼 보이지 않는 사람들은 제물로 던져버리기 좋고, 나는 마리스 가의 후손이니까. 두렵고 무서운 상황이지만 그래도 걱정하지 마. 우리는 모든 가족과 친구들이 죽은 바다로 던져질 거야. 늘 믿어왔던 세상으로 가는 거지."

"미친 소리 하지 마! 바다에는 해룡이 있다니까? 에리카를 죽인 짐승 말이야!"

"진정해. 화를 내봤자 네가 느끼는 두려움만 커져."

천둥과 번개가 반복되니 폭우를 견디며 달리는 말이 자주 휘청였다. 그때마다 짐칸은 좌우로 격렬히 흔들렸고, 우리는 방향을 잃고 물건처럼 굴렀다. 더 이상의 대화는 무리였다. 등이 오그라드는 두려움이 느껴졌다.

한참 후, 짐칸의 문이 열리자 수많은 인부들이 우리를 강제로 끌어내렸다. 늘 다이빙하던 절벽 위였다. 하지만 홍수로 바다의 수위가 상승해 더 이상 절벽처럼 보이지는 않았다.

수사 한 명이 안경에 튀는 물을 연신 닦으며 우리를 제외한 사람들을 불러 모았다.

"성서에는 심판과 가장 가까운 자, 그리고 침묵하는 성스러운 자가 언급돼 있다. 우리는 드디어 찾았노라! 이 아이들이 세상을 구해줄 거다. 지금부터 그 방법을 설명⋯⋯."

그가 발언하자 커다란 우산을 쓴 이들이 모두 고개를 끄덕거리며 안도의 숨을 쉬었다. 나는 여전히 상황 파악이 잘 안됐으며 막무가내로 진행되는 이 상황을 믿고 싶지 않았다. 하지만 인부들에게 팔을 붙잡혀 저항이 불가했다.

후작 중 한 명이 군중 속에서 빠져나와 소리쳤다.

"성스러운 자요? 그건 우리를 말하는 거 아닙니까."

이윽고 후작을 따르는 백작까지 한 발짝 앞으로 와 외침을 거들었다.

"퍼시픽 시티를 수호하는 수사님이 살아계신데 감히 이따위 해인들에게 성스러운 자 칭호를 하사할 수는 없습니다. 차라리 후작인 제가 용감하게 지원하겠습니다. 무엇을 하면 됩니까?"

수사가 침착하게 그를 저지했다.

"인신 공양을 해야 한다."

후작과 백작이 '아!' 하고 탄성을 뱉더니 단번에 납득하고 뒤로 물러났다. 더 이상 '성스러운 자'라는 칭호를 되찾으려 노력하지 않았다. 계급의 준엄을 목숨처럼 아꼈으나 생명을 부지하기 위해서는 기꺼이 눈을 감는 모습이었다. 수사가 마저 말을 이었다.

"성서에 따르면 심판을 멈추게 하기 위해서는 심판의 성격을 띤 자연물에 공양을 드려야 하지. 이 홍수는 곧 물, 그러니 우리가 바다에 공양을 드리고 악마 해룡이 아이들을 먹어치우면, 신이 죽음을 알아차려 비를 멎게 해줄 거다. 하지만 곤란한 부분이 있다. 심판과 가장 가까운 자, 즉 해인 혈통의 마리스 가문 출신이자 비와 가장 가까운 곳에 사는 노라는 성서의 조건에 부합하지만, 노라 옆의 저 여자는 침묵하는 자가 아닐 텐데……."

이때 마차 하나가 추가로 도착했다. 인부가 짐칸에
타고 있던 이를 우리처럼 거칠게 끌어냈다.

바닥으로 던져진 사람은 엄마였다.

"수사님, 침묵하는 자를 데려왔습니다."

"뭐 하는 짓이야!"

온 힘을 다해 몸을 파닥거린 끝에 인부들의 팔을 뿌
리쳤다. 엄마는 빗속에 무릎을 꿇은 채로 아무런 말을
하지 않았다. 차갑고 작은 그녀의 어깨를 감싸고 인부
들을 죽일 듯이 노려봤다.

천벌을 받을 놈들.

"신분만 높으면 다야? 이 쓰레기 같은 놈들아!"

내가 악을 쓰거나 말거나 인부가 수사에게 전했다.

"15년 전에 해인 노리카가 죽은 뒤로 이 여자는 한
순간도 목소리를 낸 적이 없습니다."

수사가 크게 기뻐했다.

"오! 딱 들어맞는구나. 어서 바다에 밀어버리고 오늘
의 재앙을 끝내자."

후작과 백작, 그 외 모든 인파가 크게 기뻐했다. 인부
들이 먼저 절벽 끝으로 노라를 끌고 가 대차게 밀어버
렸다. 노라는 저항 한번 하지 않고 그대로 빠졌다. 끔찍

했다. 그녀는 잠수를 할 수 없는 아인데.

곧바로 엄마 역시 절벽의 끝으로 밀렸다.

"이거 놔. 이 싸이코 새끼들아!"

내가 인부들의 옷자락을 잡고 반대로 끌어봤지만 꿈쩍도 하지 않았다. 비가 시야를 가릴 정도로 난폭하게 쏟아졌고 사람들은 곧 심판이 끝날 거라며, 우리가 바다와 가까워질수록 환호를 더 키웠다.

나는 악만 쓸 뿐, 이러지도 저러지도 못했다.

'애도한 자들이 모두 구원받았다면, 나 역시 괜찮을 거다.'

엄마는 마지막 수신호를 보낸 뒤 절벽 너머로 떠밀렸다. 그녀는 낙하하는 나뭇잎처럼 힘없이 바다로 빠졌다.

사람들이 손을 모으고 하늘을 바라봤다. 비가 멎길 기다리는 눈치였다. 나는 에리카와 노라, 엄마까지 모두 잃었다. 집에는 커다란 엔젤아줄이 있지만 혼자가 된 내게는 아무런 소용이 없었다. 함께 떡볶이 장사를 할 사람도, 짝을 맞춰 잠수할 사람도 없으니.

내가 사랑하는 사람들이 모두 바다로 가버렸다. 엄마는 마지막까지 뭔가를 믿었다. 그건 노라도 마찬가지였다. 나는 여전히 그 믿음이 무엇인지 알 수 없었다.

아무것도 알지 못하지만, 그들 없이는 실지 못한다.

어쩔 수 없게도, 선택지는 하나뿐이었다. 바다로 가야 했다. 지금이라도 잠수해 심해까지 들어간다면 노라와 엄마를 구할 수 있을지도 모르니. 그들이 살아있길 바라며 바다로 뛰어들었다. 내 뒤로 우렛소리와 함성이 겹쳐 들려왔다.

* * *

물길이 거칠었다. 장비 없이 진입하는 심해는 죽음의 문턱일 뿐이었다. 앞은 싱크홀처럼 어두웠고 내 흉부는 점점 더 짓눌렸다.

그때 엄마의 발끝이 보였다. 그 발을 잡아야만 했다. 그리고 숨이 끊기기 전에 육지로 올라간다면…….

제발. 제발. 제발.

있는 힘껏 손을 뻗어 앙상한 발목을 쥐려는 순간, 커다란 물체가 나타났다. 좌우로 날카로운 돌풍이 불고 커다란 눈알과 시선이 마주쳤다.

해룡이었다.

안 돼. 하필이면.

그가 입을 크게 벌리자 엄마의 발끝이 시야에서 완

전히 사라졌다. 나는 공포에 질려 숨이 멎는 고통도 느끼지 못하는 중이었다.

곧이어 해룡은 어둠을 걷고 완전히 모습을 드러냈다. 손 모양을 한 넓적한 날개에는 깃털 대신 신화 속 아르고스처럼 촘촘한 눈들이 있었다. 등에 박힌 커다란 수레바퀴가 천둥소리를 내며 돌아갔다. 사람들의 묘사와 그날의 내가 봤던 것처럼 끔찍한 모습이었다. 나는 부디 그의 이빨로 육신을 찢기는 순간이 덜 아프길 바랐다.

"가장 아래에 있는 자여. 고단한 삶은 기한이 다하였도다."

그가 입을 벌리자 내 몸에 딱 들어맞는 소용돌이가 뿜어져 나왔고, 그것은 단번에 나를 그의 입 속으로 인도했다. 공포스러운 현상에는 괴이하게도 따뜻한 온도가 있었다. 아스라이 감각이 무뎌졌다. 해룡의 커다란 입 속에는 어떤 송곳니도 없었다.

"전능한 존재는 하늘에 있으나 그를 섬기는 사도(使徒)는 어디에나 있다. 그러나 우리가 존재하는 이유는 상속

자들을 구원하기 위함이요, 그들이 보고자 하는 모습이 전부가 아님을 알리기 위함이니라."

몸을 관통하는 뜨거운 음성이 사라지자 내 형체는 투명하게 바뀌었다. 양옆에서 노라와 엄마의 온기가 느껴졌다. 영겁의 시간 동안 진노했던 해룡이 바다를 뚫고 승천하자 그의 커다란 날개에 박힌 눈들이 모두 눈동자를 굴려 도시를 내려보았다.

커다란 해일이 일어나더니 퍼시픽 시티를 집어삼켰다. 비뚤어진 종탑의 꼭대기까지 물이 들어차고 사람들은 따개비처럼 휩쓸려 바다로 떠내려갔다. 그러나 더 이상 바다에 파란 천사는 없을 것이다. 우리를 구원하기 위해 공포의 탈을 쓰고 있던 천사가 멈추지 않고 상승하였다.

하늘이 가까워지며 그리운 음성이 들려왔다.

두려워할 이유가 없어.

우리는 하늘 위의 존재에게 힘껏 손을 뻗었다.

작가의 말

저는 무교입니다만, 종교적 철학에 깊은 감명을 받을 때가 있습니다. 특히 불교의 '공즉시색 색즉시공'의 개념에서 큰 영감을 받았던 적이 있는데, 심지어 이 개념을 100퍼센트 이해한 현자도 아니면서 언젠가 이야기로 풀어보고 싶다는 욕심을 품었습니다. 성경에도 유사한 함의가 있더라고요. 눈에 보이는 게 전부가 아니며 상속자들은 세속적인 것이 아닌 숨어있는 진실된 의미를 좇아야 한다, 이런 내용(원문에 언급한 히브리서 구절은 아닙니다)이었던 걸로 기억을 합니다. 이 글은 그 부분을 이야기로 풀어 쓰고 싶다는 욕심에 창작한 초단편소설입니다. 하지만 작품 속에서 언급한 '성서/책'은 소설 속의 가상 도구일 뿐이지 결코 성경을 의미하진 않습니다. (어떻게 제가 감히!)

부족함이 많을 텐데 읽어주셔서 진심으로 감사합니다.

구구를 찾아서

조은성

서울 출생. 구성작가를 하다가 KT에서 주최한 공모전에 영화 시
나리오가 당선되면서 각본을 쓰기 시작했다. 영화사에서 베스트
셀러 소설을 상업영화로 각색하기도 했으나 극장에 걸리지는 못
했다. KBS 드라마국에서 인턴 작가로 일하며 드라마를 기획하기
도 하고, 지역홍보관에 걸리는 홍보영상을 만들기도 했다. 소설
작업에 관심을 가지고 습작을 시작한 건 얼마 되지 않았다. 장르
적 재미와 문학적 완성도가 있는 이야기를 추구한다.

세차장 앞에 놓인 입간판 뒤에는 오늘도 간이 싱크대가 마중하듯 나와 있다. 걸레나 고무매트를 세탁하는 용도인데, 바닥에 연결된 사슬을 손볼 때가 된 것이다. 입구 오른쪽에는 소형 물류창고가 있는데, 근처 농가에서 약간의 세를 내고 농기구 보관용으로 사용 중이다. 얼마 전까지만 해도 물류대란으로 창고가 모자랄 지경이었는데 지금은 자투리땅을 이용해 창고를 짓고 임대하는 사람들이 많아졌다. 서울 근교이고 고속도로가 가깝기 때문이다.

물류창고 앞에는 분리수거용 봉지를 매달아두는 철제프레임이 있다. 지영이 출근하면서 봉지를 걸어두고, 병천이 퇴근하는 길에 들러 컨테이너 안으로 들여놓는다. 봉투 안에서 고양이 사체가 나온 후로는 봉지를 걸어두고 퇴근하지 않는다. 쓰레기장 맞은편은 코인식 셀프세차 공간이다. 총 네 칸으로 돼 있고, 판넬 지붕이 있으며 500원짜리 주화로만 작동된다. 지영은 아침마다 노즐이 제자리에 꽂혀 있는지, 거품을 내는 세제가 부족하지는 않은지 확인한다. 세차장 안쪽에는 밭을 등지고 40피트짜리 컨테이너가 놓여 있다. 세차장 사

무실 용도로 사용하는 곳으로 물왁스나 컴파운드 같은
세차 용품을 판매하기도 한다.

컨테이너 뒤에는 귀자의 밭이 반 마지기 정도 있다.
귀자는 이곳에서 나고 자란 토박이로 한 번도 이 동네
를 떠나본 적이 없다. 뒷산까지 이어진 길쭉한 땅에는
귀자가 키우는 다양한 작물들이 있다. 오이나 토마토,
깻잎이나 상추 같은 것으로 매실이나 살구가 여물면
열매를 수확해 로컬 마켓에 내다 팔기도 한다.

그리고 밭 어귀에는 개집과 닭장이 있다. 닭이 열 마
리에 진돗개가 두 마리로 얼마 전까지 파수꾼 역할을
톡톡히 하던 녀석들이었다. 지영이 심란한 마음으로
빈 닭장을 보고 있는데 귀자가 스쿠터에 바구니를 싣
고 밭을 나섰다. 귀자는 해가 뜨자마자 밭에 나와 일을
하고 지영이 나올 때쯤 되면 일을 마치고 집으로 갔다.

귀자가 가고 나면 지영은 세차장 건너편에 있는 카
센터로 넘어간다. 얼마 전부터 그녀는 최 사장에게 간
단한 정비 기술을 배우고 있다. 자격증까지 염두에 두
지는 않았는데, 배우다 보니 적성에 맞아 필기시험도
함께 준비 중이다. 최 사장은 이곳 토박이로 병천의 초
등학교 선배였다. 독특한 유머 감각을 가진 사람으로
끊임없이 개그를 치는데 타율이 매우 낮았다. 어떤 재

있는 얘기가 나올 것 같기는 한데 어이없게 끝나버리는 허무개그에 가깝다고 해야 할까. 하지만 본인도 그걸 잘 아는 눈치라 웃어주지 않을 수가 없다.

최 사장은 정비사 자격증을 따면 시다로 써주겠다 말하지만, 지영은 믿지 않았다. 중년 여자가 자동차 정비라는 험한 일에 관심을 갖는 것에는 흥미를 느끼지만, 여자라는 족속은 믿지 않는 눈치다. 하지만 지영은 무슨 일이든 계획 없이 덤벼드는 성격이 아니었다. 어릴 때부터 책을 보거나 공부를 하는 건 따분하게 생각했지만, 몸으로 하는 일은 뭐든지 자신이 있었고, 잘하는 편이었다. 자격증을 따게 되면 견습으로 일을 배워 근처에 여성 전용 카센터를 오픈할 계획이 있었지만, 그런 생각을 입 밖으로 드러낸 적은 한 번도 없었다.

지영은 세차장으로 돌아오면 컨테이너로 들어가 꼭 문을 잠근다. 얼마 전에 문을 열어두고 잠들었다가 봉변을 당할 뻔했기 때문이다. 원체 낮잠이 없는 편인데 그날따라 주체할 수 없이 졸음이 몰려왔다. 깜빡 잠이 들었다가 눈을 떠보니 낯선 남자가 코앞에서 지영을 내려다보고 있었다. 서늘한 느낌에 아래를 내려다보니 티셔츠는 반쯤 올라가 가슴이 훤히 드러나 있었고,

놈은 바지 앞섶에 손을 대고 있었다. 희번덕거리는 눈과 마주치자 심장이 쪼그라드는 것 같았다. 벌떡 일어나 놈의 얼굴을 들이받았다. 놈은 중심을 잃고 자빠졌다가 재빨리 일어나 컨테이너 밖으로 뛰쳐나갔다. 얼떨결에 문간에 있던 빗자루를 집어 들고 쫓아나갔지만 놈은 사라지고 없었다.

귓전에서 고장 난 사이렌이 울리는 것처럼 요란한 소리가 났다. 얼마나 세게 들이받았는지 정수리가 시큰했고, 발바닥에서 찌릿한 통증이 느껴졌다. 내려다보니 맨발이었고, 손에 쥔 건 빗자루가 아니라 살구나무 죽비였다.

병천에게 이야기하자 쌍욕을 해가며 CCTV를 주문했다. 그놈이 어떻게 생긴 놈인지 자세히 말해보라고 했다. 세차장 뒷산에서 닭을 치며 사는 박 씨는 아니었는지, 노모와 함께 화훼 농원을 하는 안 씨는 아니었는지 말이다. 놈의 얼굴을 떠올리려 했지만 애를 쓸수록 놈의 모습은 희미하게 사라져버리곤 했다. 한 가지만은 선명하게 떠올랐다. 놈이 뒤로 넘어지면서 바닥에 짚던 손의 형태였다. 머리를 박자마자 놈이 신음을 내며 뒤로 넘어졌는데, 바닥을 짚은 손이 마치 윷가락처럼 두툼하고 통통했다.

"손이 정말 컸어. 우두둑하는 뼈 소리가 났고. 팔이 부러졌을지도 몰라."

"그걸로는 한참 부족하지. 어디 사는 미친놈인지 알아내서 경찰서에 끌고 가야지. 세차장에 드나드는 사람이 아닌 건 확실해?"

"세차장에 드나드는 사람일지도 모르지. 내가 세차장에 드나드는 사람 얼굴을 다 아는 건 아니잖아."

"내 말은 보면 알아보겠느냔 말이야."

"보면 알 수 있지. 그건 확실해."

그다음 날부터 안 좋은 일들이 일어났다. 농장에서 기르던 개들이 연달아 죽었고, 며칠 후에는 닭들이 모두 사라졌다.

* * *

지난봄에 준오가 병아리를 사 들고 왔다. 어릴 때는 관심도 없더니 몇 마리를 봉지에 담아 집에 들고 온 것이다. 일주일도 못 가 두 마리가 죽고, 덩치가 큰 녀석 한 마리만 살아남았다. 준오는 병아리에게 구구라는 이름을 붙여줬다. 구구는 튼튼할 뿐 아니라 말귀를 잘 알아듣는 영특한 녀석이었다. 녀석은 먼 곳에 있다가도 지영이 부르면 한 번에 날아와 발등 위로 뚝 떨어졌다. 지영이 소파에 앉아 빨래를 개고 있으면 구구는 어느새 옆으로 날아와 고개를 처박고 졸았다. 배변 문제만 해결됐다면 집에서 키워도 될 정도였지만, 그렇다고 계속 집 안에 둘 수는 없었다.

준오를 겨우 설득해 닭장 안에 합사하던 날, 구구는 순식간에 피투성이가 됐다. 구구를 넣자마자 나이 든 닭들이 달려와 딱 죽지 않을 정도로 쪼아댄 거다. 토종닭이며 성계인 녀석들과 달리 흰 닭이며 중닭인 구구는 녀석들보다 몸집이 작고 어리바리했다. 지영은 구구를 꺼내 빈 드럼통 안에 넣어 분리시켰다.

피투성이가 된 녀석의 모습은 여간 안쓰러운 게 아니었다. 준오가 보면 실망할 거 같아 한동안 세차장에 오지 못하도록 했다. 네가 모습을 보이면 구구가 다시 집으로 돌아오고 싶어 할 것이니 그곳에 정을 붙일 때까지 모른 척해야 한다면서. 준오는 구구가 자신을 잊어버리면 어떻게 하느냐고 걱정스러운 눈빛으로 물었다. 구구는 영특한 녀석이니 그럴 리 없다고 말했지만, 준오는 마음을 놓지 않는 눈치였다.

초등학교 1학년 때였다. 친구네 집에 다녀온 준오의

표정이 좋지 않았다. 머리는 잔뜩 헝클어져 있었고, 티셔츠는 한쪽이 늘어나 있었다. 자세히 보니 목덜미와 손등에 할퀸 상처가 있었으며, 얼굴에는 눈물 자국 같은 게 보였다. 준오는 눈치가 없고 셈도 느려서 어딜 가나 쉽게 놀림감이 되곤 했다. 같은 반 아이들 몇 명이 준오를 함부로 대한다는 건 알고 있었지만, 그날은 뭔가 더 큰 일이 있었던 게 분명했다. 준오에게 물어보니 쉽게 입을 열지는 않았다. 하지만 엄마에게 이야기를 해야 도와줄 수 있다고 거듭 말하자 준오는 마지못해 그날 있었던 일을 털어놓았다.

준오는 친구네 집에서 그들만의 놀이가 끝날 때까지 방에 갇혀 있었다고 말했다. 놀이의 규칙을 제대로 이해하지 못하고 자꾸 흐름을 끊으니 집에 가던가 방에 들어가 있으라고 말했다는 것이다. 준오는 방으로 들어가는 쪽을 택해 순순히 들어갔지만, 마음대로 나올 수는 없었다. 방문 앞이 뭔가로 가로막혀 안에서 문이 열리지 않았던 것이다. 겁이 난 준오가 문을 열어달라고 소리치자 한참 후에 아이들이 문을 열어줬다. 하지만 아이들은 준오를 그냥 보내지 않았다. 누군가의 지시로 준오를 가운데 두고 집단 구타한 것이다.

지영은 그 일에 연루된 아이들을 알아낸 후에 그 아

이들의 부모에게 전화해 사과를 요구했다. 그들은 놀란 듯했지만, 아이들을 통해 사건을 전해 들은 후 신속히 사과했다. 그때 함께 있었던 아이들도 모두 집으로 찾아와 적극적인 사과를 하면서 사건은 일단락됐다. 쉽게 용서하고 싶지 않았지만, 가해자인 아이들은 겨우 여덟 살이었다. 같은 동네에서 나고 자랐으며, 크는 모습을 지켜봤기에 마음은 더 괴로웠다.

준오는 그 일로 오랜 시간 놀이치료까지 받아야 했고, 한동안 그 일에서 헤어나오지 못했다. 학교에 가는 걸 좋아하지 않았고, 지금껏 의미 있는 친구를 한 명도 만들지 못했다.

귀자는 구구를 옆 칸에 분리시켜 적응 기간을 두는 편이 좋을 거라고 했다. 오리들이 있던 칸이 비어 있어 사흘 정도 그곳에 분리시켜 두었다. 철조망 하나를 사이에 두고 약간의 신경전이 오가는 듯했지만, 가림막이 있다는 걸 알고 금세 구구에게 무관심해졌다. 하지만 적응 기간이 끝난 후에도 구구는 피투성이 신세를 면하지 못했다. 닭장 안에 다시 넣자마자 기다렸다는 듯이 달려와 미친 듯이 구구를 쪼아댔기 때문이다.

매일같이 피투성이가 된 채로 얼빠진 녀석을 보고

있자니 저게 살아남을까 싶었다. 귀자는 결국에는 무리에 넣어둬야 섞이는 거라며 무조건 밀어 넣어야 한다고 주장했지만, 몸집이 큰 녀석들이 매일같이 쪼아댄다면 죽는 건 시간문제였다. 그러나 혼자 두는 것도 불쌍하기는 마찬가지였다. 무리의 삶을 동경하며 혼자 삶을 이어나가는 게 과연 의미가 있을까. 괴롭힘을 당하다 죽는 것과 외롭게 살다 죽는 것 중에 무엇이 더 나은지 알 수 없었지만, 귀자의 말을 믿고 다음 날도, 그다음 날도 구구를 닭장 안에 밀어 넣었다.

그리고 얼마 후 새하얀 모습으로 무리 한가운데 앉아 있는 녀석을 발견했다. 순백의 자태로 늠름하게 앉아 있는 구구를 보자 지영은 감격스러웠다. 닭장 앞에서 이름을 부르자 녀석은 벌떡 일어나 지영의 앞으로 똑바로 걸어왔다. 녀석은 결국 해낸 것이다.

준오를 불러다가 그 모습을 보여줬다. 준오는 다 커버린 구구를 알아보지 못했지만, 자신의 이름에 반응하는 구구를 보며 대견한 듯 웃었다. 준오는 학교가 끝나면 세차장으로 출근하다시피 하며 닭들을 돌보기 시작했다. 구구는 늙은 닭들을 이리저리 몰아세우며 기강을 세우는 듯한 모습을 보이기도 하고, 좋은 자리에 있던 성계를 쫓아내 그 자리를 차지하기도 하며 자신

의 힘을 과시했다. 그때부티었을까. 준오에게 약간의
변화가 찾아왔다. 혈색이 좋아졌고, 웃는 일이 많아졌
다. 가족들 모두 그 미묘한 변화를 금세 눈치챘다. 병천
은 구구가 보물이라며 귀하게 여겼고, 좋은 사료를 구
해다 먹였다. 귀자는 몰래 밭에서 난 것들을 먹이며 알
게 모르게 구구를 챙겼다. 구구의 흰털은 윤기가 흐르
기 시작했고, 집안은 생기가 돌았다.

* * *

하지만 세차장에 침입자가 나타난 후로 구구와 닭
들은 흔적도 없이 사라졌다. 닭들이 사라지기 전날 백
구와 재구가 개집 안에 죽어 있었고, 그다음 날 연달아
닭들이 사라진 것이다. 병천은 CCTV를 몇 대 더 설
치했다. 닭장 앞과 밭 전체, 그리고 산길로 연결된 길
을 비추는 것까지 총 세 대의 카메라를 설치했다. 지영
은 그날부터 자꾸 이상한 생각이 들었다. 컨테이너에
나타났던 침입자가 이 모든 일을 저지른 게 아닐까 하
는 생각 말이다. 손쉽게 여자를 덮치려다가 실패했고,
도망치며 팔까지 부러졌으니 앙갚음하려면 얼마든지
할 수도 있었다. 사람한테는 더 할 수 없으니 말 못하

는 동물들에게 표적을 돌린 걸 수도 있다. 그렇지 않고서야 어떻게 연달아 그런 일이 일어날 수 있단 말인가. 아무리 생각해봐도 이 모든 일이 우연일 리는 없었다.

며칠 후에 그 생각은 확신이 돼 지영의 머릿속에 달라붙었다. 그놈이 어딘가에서 세차장을 지켜보고 있으며, 언젠가 더 큰 해코지를 할지도 모른다는 생각까지 들었다. 그놈은 지영이 경찰을 불렀고, 주변에 CCTV를 잔뜩 설치했으며, 무단침입이나 도난 사건에 대해 수시로 경찰서에 전화를 건다는 것까지 다 알고 있을지도 모른다. 동물에게 해코지를 해서 일종의 경고장을 보낸 걸 수도 있다. 병천에게도 자신의 생각을 이야기하고 싶었지만, 말해봤자 분명 시간이 남아돌아서 쓸데없는 생각을 한다고 할 거다. 어느 모로 보나 지나치고 과장된 생각이라며 말이다.

어쩌면 놈은 지영의 얼굴을 잘 아는 면식범일지도 모른다. 지영의 앞에서는 사람 좋게 웃지만 뒤를 도는 순간 가면을 벗어던지고 지영을 해코지할 계획을 세우고 있을지도 모른다. 하지만 아무리 생각해봐도 이웃 중에 그럴 만한 인사는 없었다. 그들은 적당히 선량했고, 대체로 남의 일에 무관심했으며, 일관되게 게을렀다.

병천은 이 일을 크게 생각하지 않았다. 지영이 컨테

이니 안에서 당한 일과 연결 지어 생각하지도 않았다. 이웃과의 불화를 싫어하는 성격답게 지영의 기분을 거스르지 않을 정도로만 반응하고 행동했다. 전에 준오가 집단 따돌림을 당하고 왔을 때도 마찬가지였다. 좋게 마무리하자고 그들의 사과를 덜컥 받아들인 것도 병천이었다. 아이들의 부모 중에는 선배도 있고, 후배도 있으며, 직장 동료도 있었으니까.

실망한 준오에게는 산에서 내려온 들짐승의 짓일 거라고 했지만 믿지 않는 눈치였다. 준오는 그때 이후로 더 이상 세차장에 들르지 않았다. 세차장이나 밭에 대해 묻는 일도, 이웃에 대해 궁금해하는 법도 없었다. 녀석은 또다시 자기만의 세상 속으로 되돌아간 듯 게임과 웹툰에만 열중했다.

얼마 후 여름방학이 시작됐고, 지영은 더 이상 그 일에 매달릴 여유가 없었다. 귀자를 도와 김장용 채소 파종을 시작해야 했고, 틈틈이 자동차정비기능사 시험도 준비해야 했기 때문이다. 가족들은 각자의 일로 분주했고, 구구는 소문도 없이 잊혀갔다. 더 이상 기분 나쁜 일은 일어나지 않았고, 지영의 일상은 평온을 되찾는 듯했다.

준오가 USB를 가져온 건 여름방학이 시작될 무렵이

었다. 안에 담긴 건 목공반 아이들이 한 학기 동안 수업하는 모습이 담긴 사진 파일로, 학기가 끝나면 보고서 형식의 문서와 함께 학부모들에게 전달되는 거였다. 물고기 모양의 나무 도마를 보기 전까지 USB를 열어볼 생각은 하지 않았다. 학년 내내 비슷한 형식의 리포트를 여러 번 봐왔고, 이제 고학년이니 한 번쯤 건너뛰어도 될 거라고 생각했었다.

"도마 모양 근사하네. 직접 자른 거야?"

"그럼 내가 다 했지."

"다들 이런 모양으로 한 거니? 쉽지 않아 보이는데."

"아니, 내 것만 물고기야."

동네 엄마 모임에서 목공 선생이 엄하다는 이야기를 들은 적이 있다. 아이들을 다루는 태도가 거칠고 장난으로 건네는 말도 도에 지나친 경우가 많았다고 들었다. 그런데 눈치도 없이 혼자만 저렇게 튀는 모양으로 도마를 깎았단 말인가. 저녁 설거지를 하고 나서 컴퓨터 앞에 앉았다. 사진 속의 준오는 꽤나 진지한 표정으로 목공 수업에 임하고 있었다. 학생들은 자신의 나무를 단단히 붙잡고 목공 작업을 해나가고 있었다. 그때 준오의 앞뒤로 등장하는 키가 큰 목공 선생에게 눈길이 갔다. 곱슬머리에 붉은 입술이 눈에 띄는 사람으로, 왠지 낯이 익다고 생각했다. 어디서 본 사람일까. 사진을 처음부터 끝까지 다 보고 나자 몸이 떨리기 시작했다.

어쩌면 이 선생이 그 침입자일지도 모른다는 생각이 들었다.

다시 사진을 자세히 들여다보니 나무를 붙잡은 커다란 손에 눈이 갔고, 그날의 일이 떠올랐다.

"이 사람이 네가 전에 무섭다고 했던 그 선생님이야?"

"응."

"이번 학기부터 쭉 이 선생님께 수업 들은거야? "

"그렇다니까."

"혹시 손이나 팔에 깁스같은 거 하고 온 적은 없어?"

"없을걸?"

준오에게 들을 수 있는 정보는 그게 다였다. 준오는 주위 사람들에게 이상하리만치 관심이 없었고, 목공을 배운 선생님의 이름조차 제대로 모르고 있었다. 얼마 전 담임 선생님과 상담을 하러 갔을 때 목공 선생에 대한 이야기가 나온 적이 있다. 그녀는 준오가 가끔 목공 선생의 지시를 듣지 않고 마음대로 행동해 수업에 지장을 주곤 한다고 했다. 준오는 가끔 알 수 없는 이유로 고집스럽게 굴었고, 그럴 때는 누구도 아이의 고집을 꺾을 수 없었다.

그때 같은 학년 아이 엄마 중 하나도 이 수업에 불만이 많았었다는 사실이 떠올랐다. 지영은 목공 선생이 지나치게 엄하게 대하는 게 아니냐고 이의를 제기했다. 그러자 선생님은 그가 준오에게만 엄하게 구는 게 아니라고 했다. 전동드릴이나 그라인더 같은 위험한 도구를 다루는 수업이라 안전 문제 때문에 깐깐하게 구는 거라고 했다.

수업 시간 내내 팽창해 있을 긴장감이 그려졌다. 위험을 제대로 인지할 줄 모르는 아이들에게 목공 기술을 가르쳐야 하는 어른의 과도한 긴장감에 대해서 말이다. 과도한 긴장은 감정을 다루는 일에 숙련된 사람이 아니고서는 금세 날카로운 감정으로 바뀌고 만다. 자주 날카로운 모습을 보였다는 건 그가 미성숙한 인간이며, 아이들을 다루는 일을 해본 적이 없다는 뜻일수도 있다.

집으로 돌아와 학기 초에 받은 안내장을 찾아보니 목공수업을 담당하는 선생님의 이름과 사업장의 상호, 전화번호가 인쇄돼 있었다. 목공소는 집에서 그리 멀지 않은 곳에 있었고 공교롭게도 지영의 세차장과 상호가 같았다.

* * *

　며칠 후, 귀자가 옥수수 한자루를 주면서 부탁했다. 세차장에 드나들던 후남 아주머니가 아들네와 살림을 합치면서 동네를 떠났는데, 그 집에 옥수수를 전해주고 오라는 것이다. 옥수수는 따자마자 바로 삶아야 단맛이 살아있다. 지영은 옥수수를 차에 싣고 주소를 받아 그 집으로 갔다. 아주머니의 아파트는 세차장에서 차로 10분 거리에 있는 곳이었다.

　작년부터 입주를 시작한 단지 주변은 정리가 되지 않아 썰렁했다. 단지 앞에서 아주머니의 며느리를 만나 옥수수를 전달했다. 아주머니의 안부를 물으니 무릎 수술을 앞두고 있어 거동이 불편하다고 했다. 지영이 아쉬운 기색을 내비치자 뵙고 가시라 말했지만, 볼일이 있는 눈치인 것 같아 사양했다.

　후남 아주머니는 어쩌면 생각보다 건강이 더 안 좋은 지도 몰랐다. 그녀가 동네에 살 때는 매년 세차장에 와서 매실도 따고, 살구도 따며 함께 엑기스나 쥬스 같은 걸 만들곤 했다. 옥수수도 그 집과 똑같이 나누곤 했고, 남은 건 그날로 커다란 조선솥에 삶아 먹곤 했다. 내년이면 매실도 살구도 주인을 잃고 바닥에 떨어져

뒹굴다가 썩어가는 신세가 될지도 몰랐다.

　돌아오는 길에 근처 사거리에서 신호대기로 멈춰섰
는데, 오른쪽 코너의 목공소 하나가 눈에 들어왔다. 고
개를 기울여 자세히 보니 목공소의 이름이 '현대목공
소'였다. 세차장과 상호가 같았기에 놈의 목공소 이름
을 기억할 수밖에 없었다. 뒤에서 경적 소리가 들렸다.
지영은 가까운 곳에 차를 세우기로 했다. 이렇게 된 이
상 그곳으로 돌아가 사진 속의 그놈이 컨테이너에 들
어온 그놈이 맞는지 확인해봐야만 했다.

　근처 아파트 뒷길에 차를 세운 후에 마스크와 모자
를 쓰고 목공소를 향해 걷기 시작했다. 얼마 안 가 사
거리 왼쪽 코너에 '현대목공소' 간판이 보였다.

　목공소는 양옆으로 뻥 뚫린 공간에 작업대로 보이는
긴 테이블이 놓여 있는 개방적인 곳이었다. 음습한 분
위기가 느껴지면 들어가지 않을 작정이었는데, 여러모
로 깔끔한 느낌을 주는 곳이었다. 앞에 놓인 파라솔 세
트 밑에는 선글라스를 쓴 할머니가 일광욕을 하듯 앉
아 있었다. 목공소 안쪽에는 마당으로 난 통로가 눈에
띄었다. 가게 뒤에 살림집이 딸려 있는 구조인 것 같았
다. 아무도 없는 듯했다. 없다면 굳이 부를 생각은 없었
다. 지영은 잠자코 목공소 안으로 발을 들이밀었다.

벽에는 다양한 무늬의 작은 나무판들이 메뉴판처럼 붙어 있었다. 얼마 전부터 나뭇결이 살아있는 큼직한 식탁을 갖고 싶었다. 그가 나오면 식탁을 맞추러 왔다고 하면 될 것이다. 한참을 서 있었지만, 아무도 나오지 않아서 뒷문 쪽으로 갔다. 안으로 몇 걸음 옮기자 한옥이 나타났다. 오래된 집이었지만 관리가 잘된 듯 정갈했다. 마당 한가운데 탐스러운 대추나무가 서 있었다. 가만히 보니 열매는 통통하게 맺혔지만, 아직 붉은빛은 돌지 않았다. 일주일쯤 후에 나무를 흔들면 엄청난 소리를 내며 바닥에 떨어지겠지. 어딘가에서 짐승 소리같은 게 들렸다. 누군가 코를 고는 소리인 것 같았다.

　"종하야, 손님 왔다. 그만 처자고 일어나!"

　깜짝 놀라 돌아보니 파라솔 밑에 앉아 있던 할머니가 문간에 서 있었다. 잠시 후 누군가 방문을 열고 머리를 내밀었다. 곱슬머리가 사방으로 부푼 거대한 머리를 가진 남자는 눈을 잘 뜨지 못한 채로 말했다.

　"어떻게 오셨어요?"

　"식탁요. 식탁 좀 알아보려고요."

　"사이즈는요?"

　그의 손을 노려보며 양손을 옆으로 크게 벌렸다. 그는 제대로 보지도 않고 알았다는 듯 고개를 끄덕거리

며 방에서 나왔다. 슬리퍼를 신을 때 마루에 손을 짚었
는데, 손이 부은 것처럼 희고 통통했으며 작지 않았다.
하지만 그리 크게 느껴지는 것도 아니어서 지영은 그
날 본 게 바로 이 손이라고 확신할 수는 없었다. 그는
아이들을 함부로 대할 사람처럼 보이지 않았고, 갑자
기 여자에게 덤벼들 위인처럼 보이지도 않았다. 얼굴
에서 그런 증거나 흔적을 찾을 수 있다면 말이다.

"몇 인용 생각하시는데요?"

"글쎄요 4인용보다는 넓고 긴 거요."

"그럼 6인용인데, 사이즈 안 재보고 오셨어요?"

"여기 오면 적당한 샘플이 있을 줄 알았어요."

종하가 마당 안쪽에 목재가 쌓인 곳으로 걸어갔다.
지영이 단순한 손님이 아니라는 걸 그는 전혀 눈치채
지 못하는 듯했다.

"나무는 정하고 오셨어요? "

"네?"

"나무 종류요. 뭘로 할 건지 알아보고 오셨느냐고요."

"아니요. 직접 보고 하려고요."

"일단 나무 느낌을 보세요. 나무를 뭘로 쓰느냐에 따
라 가구 느낌이 확 달라지거든요."

"많이 나가는 걸로 좀 보여주세요."

"요즘은 커피진문점에서 쓰는 테이블 같은 거 주문하시는 분들 많아요. 별다방요."

"그런 느낌도 괜찮겠네요."

"이게 삼나무, 저건 자작나무, 편백이나 참나무도 좋은데 이건 단가가 좀 세요. 이쪽으로 와보세요."

목공소 안으로 들어가자 그가 작은 제단처럼 생긴 나무판을 가져와 작업대 위에 올려놓았다. 그건 매우 두껍고 결이 고왔으며, 은은한 향기같은 게 났다.

"이건 무슨 나무인가요?"

"이게 편백입니다. 보통 히노끼라고 하는 재질이죠. 만져보세요."

"이건 무슨 용도로 많이 쓰나요?"

"독서대요. 이런 소품들도 제작해드리고 있어요."

지영이 그 물건을 유심히 보자 그는 편백나무의 효능과 용도에 대해 이야기했다. 편백이 우리의 면역력을 높여주고 새집증후군을 완화해준다면서. 그가 이야기하는 동안 뭔가가 자꾸 지영을 건드렸다. 그의 곱슬머리는 사방으로 부풀어올라 사진으로 본 것보다 더 거대하게 느껴졌다. 이상한 건 저 거대한 머리가 자꾸 지영의 뭔가를 침해하는 것처럼 느껴졌다는 것이다. 지영은 손으로 그 머리를 치워버리고 싶은 충동을 느껐지만 가까스로 참으며 그의 이야기를 끊었다.

"밖에 계신 분은 어머님이세요?"

"……할머니요. 당뇨로 앞을 잘 못 봐요. 치매도 좀 있으시고. 근데 이 동네 분 아니시죠?"

"네?"

"동네 분이면 우리 할머니를 모르실 리가 없는데."

지영이 당황해서 모자를 조금 더 눌러썼다.

"어떻게 하시겠어요? 별다방 테이블처럼 해드려요?"

"수입목으로 하면 얼마나 해요?"

"길이나 두께에 따라 다르죠."

"좀 전에 본 걸로 하면 얼마예요?"

"나무 값만 200 이상 생각하셔야 돼요. 보세요."

그가 핸드폰을 가져와 다양한 디자인의 테이블 사진을 보여주었다. 그가 가까이 다가오자 시큼한 땀 냄새가 났다.

"좀 더 생각해보고 와도 될까요?"

"잘해드릴게요. 기성품보다 훨씬 견고해요. 나무 자체가 다르거든요. 두께를 보시면……."

"좀 더 생각해보는 게 낫겠어요. 지나가다가 목공소가 보여서 충동적으로 들어온 거거든요."

말을 마치기가 무섭게 그의 눈빛이 돌변했다. 가게

에 사람이 없으면 그냥 갈 것이지 왜 남의 살림집에까지 처들어와 단잠을 깨웠느냐는 듯 지영을 노려봤다. 날카로워진 목소리로 그가 말했다.

"그래요. 그렇게 하세요, 그럼."

"죄송합니다."

"저기 테이블에 명함이나 한 장 가져가세요."

지영은 놀란 마음을 진정시키며 돌아섰다. 입구 테이블 위에서 명함을 한 장 챙겨 들었을 때였다. 갑자기 뭔가가 지영의 눈앞을 흐릿하게 만들었다. 그건 매우 희고 커다란 깃털이었다. 지영이 허공에서 깃털을 보는 동안 그 하얀 깃털은 바닥으로 천천히 내려가 가볍게 착지했다. 지영은 갑자기 숨이 막혔다. 귓전에서 그 고장 난 사이렌 소리와 함께 확신에 찬 외침이 들려오기 시작했다. 어서 밖으로 나가서 전화를 하라고. 이놈이 바로 그 침입자이며, 구구를 잡아간 그놈이라고.

떨리는 마음을 가까스로 붙잡으며 최근 통화목록을 열었다. 강력계 이주용 계장과의 통화는 일주일 전이었다. 지영이 직접 서로 나가 조서를 썼지만, 이주용 계장은 급한 기색이 없었다. 마지못해 관심이 있는 척하긴 했지만 끝내는 병천과 비슷한 표정으로 물었다. '닭이 사라진 게 전부입니까? 인적 피해가 없는 거 확실

하시죠? 사모님, 왜 이런 일로 귀한 시간을 낭비하십니까…….'

차도를 건너가는데 스쿠터 한 대가 요란한 소리를 내며 지영을 칠 듯 스쳐 지나갔다. 침입자가 맞다는 걸 확인한 이상 이대로 넘어가는 건 말이 안 되는 일이었다. 계장에게 전화를 달라고 메시지를 남기고 차로 걸어가는데 문득 그가 전화를 주지 않을 거라는 생각이 들었다. 그에게 구구는 평범한 닭 이상도 그 이하도 아닐 것이다. 그는 닭의 영특함에 대해 알지 못하고, 구구에 대해 알지 못하며, 흰 털에 대해서도 관심이 없다. 그는 인간을 위한 경찰이지 가축을 위한 경찰은 아니었다.

그때 병천에게서 전화가 걸려왔다. 청계닭 몇 마리를 받아왔으니 얼른 세차장으로 와보라는 것이었다. 한동안 비어 있던 닭장은 얼마 전부터 병천이 들여온 다양한 종류의 닭들로 채워져가고 있었다. 준오가 닭을 좋아하는 걸 알고 더 튼튼하고 진귀한 놈들로 욕심을 내고 있었다. 이번에는 적외선 감지기나 경보기 같은 장비를 설치하자고 하자 병천은 그럴 필요가 없다고 했다. 닭을 훔쳐간 건 사람이 아니라 짐승이라는 것이다.

"그게 무슨 말이야? 짐승 같은 놈이라는 거야, 정말 짐승이라는 거야?"

"옆 공장에서 개 두 마리를 풀어 키우는데 그 녀석이 여러 번 주변 닭들을 물어다 죽였다고 하더라고."

"그렇다고 그 녀석이 우리 닭들까지 그랬다는 확실한 증거가 있는 건 아니잖아."

"아니, 거의 확실해. 구구 그 녀석만 하얗잖아. 녀석이 물어다 죽인 닭 중에 아주 새하얀 녀석이 있었다는 거야."

더 이상의 대화는 의미가 없을 거 같았다. 흰 닭이 지영의 농장에만 있는 건 아닐 터였다. 낮이면 동네를 떠돌아다니는 개들이 어디 세차장 닭만 노렸으랴. 근처 아로니아 농원이나 화원까지, 길이 있는 곳이라면 어디든 냄새를 맡고 찾아다니는 놈들이다. 피 맛을 아는 녀석들이라면 다시 그 맛을 찾게 돼 있다고 귀자가 말한 적이 있었다. 그때 어디선가 삐빅 하는 자동차 리모컨 소리가 들려왔다. 건너편을 보자 목공소 옆 골목에 세워진 하얀색 RV 한 대가 눈에 들어왔다. 유리창은 먼지투성이였고, 타이어 휠에는 묵은 때가 새카맣게 쌓여 있는 걸로 보아 오랫동안 세차를 하지 않은 게 분명했다. 혹시 세차장에서 본 적이 있는지 떠올려봤지만, 비슷한 차량이 한둘이 아니었다. 목공소에서 놈이 나와 자동차 트렁크를 열었다. 놈은 한참 동안 무언가를 찾더니 트렁크 문을 닫고 안으로 들어갔다. 목공소는 여전히 오픈된 상태였고, 파라솔 밑에 있던 할머니는 보이지 않았다. 지영은 침을 꿀꺽 삼키고 주위를 살피며 목공소로 되돌아갔다.

작업대 주변에는 나무를 자르고 다듬는 도구들이 잔뜩 있었다. 정비소와 비슷하면서도 조금은 다른 그런 도구들 말이다. 날카로운 칼날을 가졌으며 뾰족하고 길거나 커다란 쇳덩어리들. 고무로 된 물건의 바람을 빼놓거나 나사를 풀어놓을 수 있는 그런 장비들 말이다. 가장 먼저 떠오른 건 타이어였고, 그다음은 브레이크 패드였다. 그것들을 아주 조금씩 손봐둔다면 어떻게 될까. 카센터에 모아둔 다량의 폐기름도 크게 도움이 될 것이다. 지영은 손에 든 도구들을 내려놓고 조용히 그곳에서 나왔다. 힘을 쓰지 않아도, 저런 도구를 쓸 필요도 없는 방법은 얼마든지 있었다. 차만 서서히 망가뜨릴 수도 있고, 차와 인간을 함께 망가뜨릴 수도 있다. 해가 진 후에 다시 방문하는 게 모두를 위해서도 좋을 듯했다. 그때까지 지영의 결심이 변하지만 않는 나면 밀이다.

* * *

얼마 후 지영은 차를 운전해 목공소 앞을 지나갔다. 목공소 옆에는 하얀색 RV 대신 소형 용달차 한 대가 주차돼 있었다. 빛바랜 파라솔 밑에는 양쪽 다리에 깁스를 한 채로 놈이 잠들어 있었다. 놈은 여전히 평화롭고 나태해 보였다. 지영은 매우 불쾌했다. 이건 별로 공평하지 않았고, 아직 충분하지도 않았다. 놈은 노상에서 아무렇게나 앉아 낮잠을 즐기고 있는데 지영은 어두운 컨테이너 안에서 문을 잠그고 아직도 구구를 찾아 헤매고 있지 않은가. 이제 겨우 깃털 하나를 발견했을 뿐 아직 구구를 찾은 건 아니었다. 구구는 어딘가에서 불행을 묵묵히 참아내며 다시 주인에게 제 이름이 불리기만을 애타게 바라고 있을지도 몰랐다.

신호가 바뀌고 엑셀에 발을 얹자 차가 부드럽게 앞으로 나가는 게 느껴졌다. 얼마 전 최 사장의 권유에 따라 분진필터에 쌓인 찌꺼기를 청소했다. 경유차의 경우 연비나 출력 저하를 방지하기 위해서라면 반드시 해줘야 하는 작업이라고 했기 때문이다.

세상의 찌꺼기를 눈으로 직접 확인하고 제거할 수 있다는 건 생각보다 기분 좋은 일이었다.

그로 인해 일상의 흐름이 원활해지고 삶이 윤택해질 수 있다면 말이다. 지영은 얼마 전 작은 기름구멍 속에 흘려 넣은 찌꺼기들을 떠올리며 속도를 내기 시작했다.

작기의 말

오래전에 영화 시놉으로 써놓은 걸 소설로 개작한 작품입니다. 외딴 도시에서 세차장을 지키는 여자 지영의 이야기를 다시 써나가면서 인간이란 생각지도 못한 것에서 구원을 얻을 수 있는 존재라는 생각이 들었습니다. 남들이 보기에는 별거 아닌 것들이 누군가에게는 세상으로 들어가는 유일한 문이자 구원이 될 수도 있다는 것을요. 그게 종교일 수도 있고, 음악일 수도 있으며, 자동차나 흰 닭이 될 수도 있겠지요. 하지만 그 소중한 게 누군가에 의해 심각하게 훼손되었을 때 인간은 어떤 선택을 해야 하는 것일까요. 선택에 따르는 행동만이 구원의 가치를 증명하는 유일한 방법이라면 지영의 선택은 과연 자신을 지탱했던 작은 구원을 지켜낸 것일까요.

타인이 쉽게 납득하지 못하는 것에서 구원을 찾을 때 인간은 광기를 띠게 되는지도 모릅니다. 하지만 어차피 타인이란 망원경으로 보건 현미경으로 들여다보건 이해할 수 없는 존재들입니다. 그러니 타인이 소중하게 생각하는 게 무엇이건 간에 그들이 소중하게 생각하는 대상 그 자체는 존중받아야 마땅한지도 모릅니다. 인간은 자신이 소중하게 생각하는 게 받아들여졌을 때 자신도 존중받는다고 생각하는 사랑스러운 존재니까요.

세상은 공평하지 않고, 죄를 지은 사람이 마땅한 벌을 받는 것도 흔한 일은 아닙니다. 개인과 거대한 세계, 인간과 부조리라는 대결 구도는 언제나 불공평하게만 느껴집니다. 하지만 이 세계가 이해할 수 없는 것들로 겹겹이 구축되어 있다는 걸 깨닫는 순간 우리는 잠시 비정한 어른의 세계로 넘어갈 수 있는지도 모르겠네요.

여러분의 삶에도 하얀 구구가 깃들기를 바라며, 끝까지 읽어주셔서 감사합니다!

지옥 호텔

김성준

교보문고 스토리 공모전 중장편 부문에 입상하여 『화이트 레이디』를, 카카오페이지 추미스 중편 부문을 수상하여 『옥수수밭에 부는 회오리바람』을, 황금가지 ZA문학 공모전을 통해서는 『록커, 흡혈귀, 슈퍼맨 그리고 좀비』를 출간한 바 있다.

제57회 교정의 날 행사장. 법무부 장관에게 상을 받는 교도관과 하객들로 홀이 꽉 찼다.

　"제57회 교정의 날, 인권대상에 교위 김문식!"

　사회자가 우렁차게 호명을 하자 김문식이 단상 위로 올라가 법무부장관에게 정중히 경례를 했다. 그는 지난 11년간 교도관으로 근무하며 재소자의 인권적 처우를 위해 힘쓴 공을 인정받아 이 자리에까지 서게 됐다. 그를 추천한 건 소장도, 청장도, 교정본부장도 아니었다. 그런 높은 사람들이 일선 직원들을 어떻게 일일이 파악하나.

　그를 한사코 추천한 건 다름 아닌 재소자들이었다. 재소자들은 법무부 인권국에 끊임없이 편지를 써서 김문식이 얼마나 인권 친화적이며, 재소자들에게 잘 대해주는지를 입에 침이 마르도록 칭찬했다. 그래서인지 편지지를 봉인할 때는 바를 침이 없어 옆 사람에게 침 좀 발라달라고 부탁할 정도였다.

　장관과 악수를 한 김문식은 청중을 향해 다시 한번 힘차게 경례했다. 그러고는 알 듯 모를 듯한 묘한 미소를 씩 지었다.

* * *

"내일 출소일이라며?"

김문식이 3902에게 물었다. 3902는 사기 전과 7범으로 이번엔 징역을 꽤나 오래 살고 나가는 길이었다.

"예, 그동안 고마웠습니다, 주임님. 이제 다시는 안 들어와야죠."

"그렇게 말하면 섭섭한데. 자네 얼굴을 다시 못 보는 거잖아."

"내일 출소하면 삼겹살에 소주 한잔하시죠. 제가 모시겠습니다. 그간 주임님께 도움받은 것도 많고……."

원래 재소자와 교도관 사이에는 아무것도 주고받아서는 안 된다. 그게 아무리 하찮은 거라도. 출소한 재소자와 사적으로 만나는 것까지는 규정으로 막을 수 없지만, 권장되는 행동은 아니다. 출소한 재소자에게 뭔가를 얻어먹거나 받아먹으면, 그가 다시 입소할 때 약점이 잡히기 때문이다. 교도소 은어로 '코가 걸린다'는 말이다.

하지만 김문식은 그런 것 따위 신경도 안 썼다. 그만큼 재소자들을 믿는 걸 수도 있었다. 한때 실수로 잘못을 저질렀지만, 사람은 원래 선한 본성을 가졌다는 신

72

넘을 지녔을 수도 있다. 교도관과 재소자 이전에, 사람과 사람이 삼겹살에 소주 한잔하는 정을 나누지 못하는 게 말이 되는가 하며 말이다.

어쨌든 다음날, 김문식은 3902, 아니, 이제는 이우하라는 이름을 되찾은 출소자와 삼겹살집에서 마주 앉았다.

"주임님, 저 잠시 화장실 좀 다녀오겠습니다."

계산할 때가 되니 갑자기 화장실을 가겠다는 이우하. 자기가 대접하겠다고 해놓고는. 역시 사기꾼은 어쩔 수 없는 사기꾼인가 보다. 그러나 김문식은 너그럽게 싱긋 웃어 보였다. 그러고는 천천히 다녀오라고, 계산은 자기가 해놓겠다고 했다.

"이거 원, 죄송해서······."

그렇게 말하고서도 이우하는 화장실에 가서 똥을 싸는지 똥을 처먹고 있는지, 도통 나올 생각이 없었다. 그래도 김문식은 느긋하게 그를 기다렸다. 급할 게 없었다. 마침내 이우하가 화장실에서 나오자 김문식은 마지막 한 잔만 하고 일어서자며 건배를 제의했다.

짠.

소주잔이 짠하고 울렸다. 그리고 잠시 후 짠한 일이 벌어졌다.

"뭐가 이렇게 무거워, 이 사기꾼 새끼!"

김문식은 이우하를 차 트렁크에서 끄집어내 질질 끌고 어디론가 갔다.

"나 왔어. 이리 나와 봐. 이 사기꾼 새끼 여간 무거운 게 아냐!"

김문식이 소리치자 수풀 속에서 건장한 남자 둘이 뛰어왔다.

"오셨어요, K님."

이 조직에서 김문식은 K로 불린다.

그들은 이우하를 들것에 올리고는 '산장호텔'이라고 적힌 건물 속으로 들어갔다. 이우하는 아직 잠에서 깨어나지 못했다. 이우하의 덩치가 큰 관계로 김문식이 소주잔에 수면제를 많이 탔기 때문이다.

"이 새끼 어느 지옥으로 집어넣을까요?"

남자 중 한 명이 김문식에게 물었다.

"그 새끼 수번은 3902니까 가슴팍에 그렇게 붙이고, 사기꾼지옥에 처넣어. 저 새끼 사기 전과가 7범이야."

"미친 새끼!"

"쳐죽일 새끼!"

두 남자가 김문식의 수고에 보답이라도 하듯 욕지거리를 퍼부었다. 그러고는 3902를 사기꾼지옥에 처넣었다.

산중에 있는 이 호텔은 위장건물로, 그 어떤 손님도 받지 않는다. 투숙객은 이우하처럼 막 출소한 범죄자들이다. 그들은 종류별로 각각의 지옥에 갇힌다. 살인범은 살인지옥, 강간범은 강간지옥, 사기꾼은 사기지옥, 조폭은 조폭지옥, 뭐 이런 식이다.

그들은 감금된 후 '진짜 죗값'을 치를 때까지 그곳을 나갈 수 없다. 그 죗값은 누가 정하느냐. 아무도 모른다. 점조직으로 이루어진 이 단체의 수장이 누군지는 아무도 모른다. 각 죄수의 석방일시는 그 죄수가 얼마나 반성하는가를 봐가며 단체의 수장이 정한다.

* * *

김문식. 나이 37세. 군대를 다녀와서 일찌감치 교도관에 투신한 덕에 이른 나이에 벌써 7급 주임까지 진급했다. 직장에서는 명랑하고 친절하기로 유명하고, 재소자들에게는 '천사'라는 별명이 붙을 만큼 다정다감하게 대한다.

이 김문식은 7살 때, 아버지가 큰 사기를 당한 적이 있다. 아버지는 술만 퍼마시다가 간암으로 일찍 세상을 떴고, 어머니는 돈 벌러 나갔다가 소식이 끊겼다. 하지만 그 사기꾼은 고작 징역 2년만 받고 풀려났을 뿐이었다. 한 가정을 파괴한 그 악마에게 법원은 한없이 관대했다. 고아원에서 자란 김문식에게 사회가 한없이 차가웠던 데 비해서.

그랬던 그였기에 범죄자에게 복수할 수 있는 직업을 찾았고, 그게 바로 교도관이었다. 지금 그가 몸담고 있는 '조직'은 범죄 피해자들의 자발적인 후원으로 운용된다. 물론 누가 어느 정도의 돈을 내는지, 운용 주최는 누구인지, 총책은 또 누구인지는 완전히 베일에 가려져 있다. 김문식도 호텔로 위장한 '지옥'에서 상주하는 남성 두 명 외에는 아무도 몰랐다.

* * *

"저 배우는 참 멋지단 말이야. 내일 우리 교도소에 촬영 온다며?"

최 계장이 티브이 속 영화배우 도강휘를 보며 물었다.

"이미지도 좋고, 여기저기 자선사업도 많이 하고, 참 괜찮은 사람 같아요. 같은 남자인 제가 봐도 정말 잘생겼네요. 근데 촬영 와봤자 우리는 일해야 하는데, 구경이나 갈 수 있을까요."

김성준

"저런 배우가 교도관 역할을 해줘야 우리 직업 이미지도 좀 나아지지. 맨날 재소자들 때리거나 얻어맞는 역할만 맡으니 원. 그나저나 전에 티브이에서 봤는데, 저 배우 여동생이 어릴 적에 죽었다며? 그 사연 얘기하며 눈물을 얼마나 펑펑 쏟는지……."

최 계장은 혀를 끌끌 찼다.

그때 출소서무가 다급히 수용팀 사무실로 들어왔다.

"2725 가석방 결정 떨어졌습니다. 얼른 짐 싸라고 하세요."

2725. 김문식이 가장 증오하는 재소자 중 한 명이었다. 이놈은 조폭인데, 살인 전과, 강간 전과에 폭행 전과까지 있는 쓰레기였다. 이번에는 업무방해죄로 들어왔는데 가석방을 활성화한다는 정부 정책에 따라 가석방 대상자에 오른 모양이었다. 형기 종료를 3개월 앞둔 시점이었다.

"참나, 아무리 정부 정책이라지만, 저런 인간쓰레기를 내보내다니, 말세구만. 우리가 아무리 붙잡고 있으면 뭐해. 풀어주라면 풀어줘야지."

그렇게 해서 2725는 환호성을 지르며 교도소를 나가게 됐다. '착한 교도관' 김문식은 정문까지 배웅했다. 왜냐하면 김문식은 재소자들에게 천사니까.

"그동안 정말 고마웠습니다, 주임님. 이 은혜 잊지 않겠습니다."

2725가 연신 허리를 굽히며 고맙다고 주절주절 지껄였지만, 김문식은 이놈을 어느 지옥에 보내야 하나 그게 고민이었다. 살인을 저지른 적 있으니 살인지옥? 강간을 한 적이 있으니 강간지옥? 아니면 폭행지옥? 그도 아니면 조폭지옥?

무엇이든 불확실할 땐 재소자에게 불리한 쪽으로! 이것이 김문식의 격언이었다. 그러니 가장 고통스러운 강간지옥으로 넣기로 했다. 살인지옥이 가장 가혹할 거 같지만, 그렇지 않다. 살인보다 더 추잡스럽고 가증스럽고 토악질 나오는 범죄가 강간이 아닌가. 살인은 우발적으로라도 저지를 수 있다지만, 강간은 그 피해자가 평생을 영혼이 파괴된 채 살아야 한다. 그러니 강간지옥이 더 가혹하다.

"나 곧 퇴근이니까 저기 벤치에 앉아서 기다려. 소주나 한잔하고 헤어지자."

김문식이 사람 좋은 미소를 지으며 2725의 어깨를 툭툭 쳤다. 2725는 그것 참 지당한 말씀이라고 배시시 웃었다. 가석방되는 놈들이 전부 그렇듯 이 녀석도 입이 귀에 걸릴 듯 벙실벙실 웃고 있었다.

다른 의미에서, 녀석은 정말 기분이 좋았다. 여기저기 고리대로 빌려준 돈이 있는데, 그간 이자가 쌓여 있을 테니 그걸 싹 거둬들이면 한방에 목돈이 마련되기 때문이다. 아무리 조폭 위세가 예전 같지 않다고 해도 조폭은 조폭이었다. 감히 2725의 돈을 떼어먹을 정도로 간 큰 사람은 없었다. 그런 사람은 2725가, 정말로 간이 큰지 아닌지 확인하려 배를 갈라줄 테니까.

* * *

"자, 소주는 그만 마시고 이제 맥주 좀 마시자."

김문식은 초조했다. 2725가 화장실을 가야 술잔에 수면제를 타는데, 2시간째 화장실을 한 번도 가지 않았기 때문이다. 놈을 재워서 '지옥'까지 데려가려면 시간이 빠듯했다. 그래서 맥주를 마시자고 꼬드겼다.

"맥주요? 좋죠! 잠시만요. 화장실 좀 다녀오고요."

이런 개자식. 진작 다녀올 것이지!

2시간 후, 김문식은 잠든 2725를 태우고 강원도 모처의 '호텔'에 도착했다. 어김없이 호텔에 상주하는 남자 두 명이 나와 2725를 맞았다.

"K님, 이 새끼는 어느 지옥이죠?"

"깅간지옥에 처넣어!"

그렇게 2725는 강간지옥에 들어가게 됐다. 뜨거운 여름에 선풍기는커녕 히터가 제공되고, 뜨거운 물만 1리터 넣어준다. 밥은 하루에 달랑 한 끼, 부족한 영양소는 종합비타민으로 채워주는 강간지옥 말이다. 없던 선풍기는 겨울에 생긴다. 겨울에는 24시간 선풍기를 틀어준다. 반찬은 단무지 다섯 개와 삶은 계란 하나가 전부다. 여기서 2725가 얼마를 더 살아야 하는지는 오직 '회장'만이 알고 있다. 그가 모든 걸 결정하니까. 그가 누구인지는 아무도 모르지만.

잠에서 깨어난 2725는 발광을 하며 난리법석을 피워댔다.

"여기가 어디야! 날 당장 꺼내줘! 난 죗값을 다 치르고 출소했단 말이다!"

"너희들 이런 식으로 나오면 정말 뒈질 줄 알아!"

하지만 아무리 소란을 피워도 와보는 사람이 없었다. 남자 1과 남자 2는 CCTV로 모든 방을 관찰하고 있었는데, 2725도 당연히 그중 하나였다.

"이봐, 저기 좀 봐. 2725 말이야."

"왜?"

"발목에 뭐 차고 있잖아. 저게 뭐지?"

"하여간 귀찮게 해요. 내가 갔다 와볼게."

남자 1이 2725의 방 앞으로 갔다.

"웬 소란이야? 잠자코 있어. 처맞고 싶지 않으면."

"너, 이게 뭔지 알아? 헤헤."

2725는 자신에게도 비장의 무기가 있다는 듯 발목을 보였다. 놈의 발목에 채워진 건 전자발찌였다.

"보이지? 내가 보호관찰소에 출석 안 하면 경찰이 내 신호를 추적해서 여기로 올 거야. 그럼 너희들 다 끝장이야. 그러니까 당장 날 내보내!"

2725의 말이 끝나기가 무섭게 탕. 탕. 탕. 거칠게 문 두드리는 소리가 들렸다.

"계십니까?"

"안에 아무도 안 계세요?"

남자 한 명, 여자 한 명으로 이루어진 2인 1조의 경찰 팀이었다. 중년의 남자는 경위 계급장을, 더 젊어 보이는 여자는 경사 계급장을 달고 있었다. 날도 후텁지근한데 아무리 벨을 눌러도 '호텔' 안에서 응답이 없었다.

CCTV로 그들을 지켜보던 김문식과 남자 둘은 당황했다. 이런 일은 처음이었기 때문이다. 경찰이 여길 왜 왔지. 그리고 어떻게 알고 왔지……. 혹시 2725 때문에? 벌써?

"어떻게 할까요, K님?"

김문식은 몇 초 더 고민하다가 그냥 잠자코 있자고 했다. 그럼 버려진 건물이라고 생각해서 돌아갈 거라며.

하지만 경찰들은 순순히 돌아갈 생각이 없어 보였다. 계속 벨을 누르고 문을 두드리는 통에 김문식과 남자 둘은 입이 바싹 말랐다. 그렇다고 이제 와서 밖으로 나가볼 수도 없는 노릇이었다.

"이만 가지. 버려진 건물 같아. 문도 잠겨 있잖아."

남자 경찰이 포기하듯 말했다.

"그래도 여기까지 와서 그냥 돌아갈 수는 없어요."

"영장도 없이 왔는데, 그럼 문을 부수고 들어가?"

남자 경찰의 말이 옳았다. 여자 경찰도 그 말은 부정할 수 없었던지 고개를 끄덕였다. 일단 그들은 돌아갔다.

"당분간 인간쓰레기들 여기에 입방시키는 건 중지해야겠어. 아무래도 꺼림칙해."

김문식이 말했다. 교도소 출소하는 놈들을 당분간 그만 데려오겠다는 말이었다.

"K님, 이런 문제는 일단 위에 보고부터……?"

"위? 우리 위가 누군데? 넌 알아? 난 모르는데?"

"저는 단지 가슴팍에 큰 별을 단 사람이 나타나면 그

분이 우리 꼭대기라는 것만 알고 있습니다."

김문식은 그렇게 말을 주고받으며 빨간색 비상 버튼을 슬쩍 쳐다봤다. 평소에는 절대 누르면 안 되는, 위급 상황에만 누를 수 있는 버튼이었다. 어떤 것이 위급상황인지 판단은 김문식이 스스로 해야 한다. 그걸 누르면 한 번도 보지 못한 '윗선'이 직접 나타나거나, 지원군이 올 거다. 하지만 경찰차 한 대 왔다고 위급상황이라고 볼 수는 없었다.

또 초인종이 울렸다.

"어제 왔던 경찰입니다!"

남자 2가 외쳤다.

"이번엔 나가봐야겠군."

김문식은 육중한 '호텔'의 문을 열고 경찰들 앞에 섰다.

"무슨 일이십니까? 여긴 폐업한 호텔인데요."

"폐업한 호텔에 종업원이 왜 있습니까?"

남자 경찰이 물었다.

"전 종업원이 아닙니다. 재건축될 때까지 여기를 지키는 경비원입니다."

"아."

여자 경찰이 수긍이라도 하듯 짤막하게 대꾸했다.

"그나저나 경찰이 여기 웬일이시죠?"

"가석방된 녀석이 있는데, 전자발찌 신호가 여기서 끊겨서요. 수색을 좀 해봐도 될까요?"

김문식은 등줄기에 식은땀이 주르르 흘렀다.

"영장 있습니까?"

"잠깐만 둘러보면 되는데 영장까지 있어야 합니까."

남자 경찰이 눙치듯 말했다.

"여기는 민간인 소유 시설이라 영장 없이는 아무도 들어올 수 없습니다. 이만 돌아가주시죠."

"혹시 그 새끼가 이 부근에서 사냥이라든가 뭔 엉뚱한 짓을 하다가 실종된 거 아닐까요?"

여자 경찰이 남자 경찰에게 물었다.

"그럼 좋지. 일거리 더는 거니까."

둘은 결국 김문식에게 막혀 물러났다. 너무 순순히 물러나는 게 의심스러웠지만, 아무튼 사라졌으니 일단 안도했다. 그러고는 당장 2725의 전자발찌를 떼서 소각해버렸다.

그러나 경찰들은 돌아간 게 아니었다. 수풀에 차를 숨기고 '호텔'을 계속 감시했다. 아무리 봐도 수상한 호텔이었다. 폐업했다 했지만, 주변엔 CCTV가 수십 개는 설치돼 있었다. 저 CCTV에 찍힌 화면으로 영화를 찍어도 한 편 뚝딱 나오겠다 싶었다.

그들은 사실 경찰이 아니었다. 둘의 정체는 다름 아닌 전자공학과 교수와 제자였다. 둘은 뭐든(?) 함께하는 사이였는데, 도박도 같이 빠져들었다. 도박으로 돈을 잃자 2725에게 거금의 도박 빚을 졌는데, 원금에 이자까지 교수 월급으로는 감당이 안 되는 수준이었다. 그래서 둘은 2725가 가석방으로 출소하면 보호관찰소를 해킹, 2725의 위치를 파악해 쥐도 새도 모르게 없애버릴 생각이었던 것이다. 그런데 그 2725의 신호가 이 호텔에서 뚝 끊겨버렸다.

* * *

"각방 차렷!"

교도소 보안과장이 순시에 나서자 김문식은 바싹 긴장한 채 3수용동의 수용자들을 차렷 자세로 만들었다.

"제1방!"

김문식이 외쳤다.

"총원 5명, 변호인접견 1명, 현재원 4명입니다!"

제1방의 방장이 보안과장을 향해 복명복창을 하듯

있는 힘껏 소리를 질렀다.

그렇게 제2방부터 제17방까지 순시를 도는 동안 보안과장은 별 흥미가 없다는 듯 각 방을 대충 훑어보고 가버렸다. 그러나 김문식은 제17방에 있는 살인범 8번을 알 듯 모를 듯 쓰윽 노려보며 지나갔다.

8번은 열세 살 때 어린 여자아이를 강간했지만, 촉법소년이라 달리 처벌받지 않았다. '학교'라 불리는 소년원에서 2년간 단기 '학습'을 받았을 뿐이다. 하지만 그 피해자는 그 고통을 안고 살다가 스무 살 때 자살했다. 처음 생긴 남자 친구에게 상처를 털어놓았다가 차이자 울분에 못 이긴 것이다.

세 살 버릇 여든 간다고 8번은 이제 사람을 죽이고 살인범이 돼 들어왔다. 징역 10년. 이제 형기를 거의 채웠으니 조만간 가석방이 될 수도 있었다.

"김 주임님, 잠시만요."

보안과장이 사라지자 8번이 김문식을 불렀다.

"왜?"

김문식은 역겨움을 꾹 누르고 미소를 지어 보였다. 아무리 '인권 교도관' 김문식이라 해도 이놈만큼은 어떻게 안 된다.

"제가 나쁜 놈인 건 사실입니다. 해서는 안 될 짓도

했었고요. 하지만 살인은 정말 저지르지 않았습니다."

"너 이제 형기 거의 다 채웠잖아. 이제 와서 그런 말 하는 게 무슨 의미가 있어?"

8번은 정말 진심 어린 눈빛으로 간절하게 매달렸다.

"다른 사람은 절 아무렇게나 생각해도 좋아요. 절 믿어주지 않던 경찰들, 제 말은 그냥 흘려듣기만 하던 검사, 저에 대한 혐오감을 노골적으로 표시하던 판사까지, 죄다 제멋대로 생각하라 그러세요. 하지만 제가 존경하는 김 주임님만큼은 절 믿어주셨으면 해서요. 단지 그뿐이에요. 전 절대 살인을 저지르지 않았어요."

김문식은 난감했다. 재소자 중에는 무죄를 주장하는 자들이 많았고, 그럴 때마다 김문식은 그들을 다독여줬다. 그러나 8번의 말이 사실이라면, 경찰, 검찰, 법원이 모두 오판을 해서 멀쩡한 사람을 살인자로 만들었다는 뜻이 된다. 세상이 발칵 뒤집힐 일이었다.

"난 널 믿어."

김문식이 말했다.

"정말요? 정말 절 믿어주시는 거예요?"

"그래, 난 네가 무죄라는 걸 알고 있어. 하지만 내가 무슨 힘이 있다고 널 여기서 빼주겠어."

"괜찮아요. 정말 고맙습니다. 단 한 사람이라도 저를

믿어주시는 분이 계시다는 게 저한테는 정말 큰 위안이에요. 정말 고맙습니다, 주임님!"

김문식은 사람 좋은 미소를 지으며 씩 웃었다. 그러고는 돌아서며 낯빛을 바꿨다. 저 새끼도 곧 출소하면 '호텔'로 데려갈 거라며.

남자 1로부터 급한 호출을 받은 건 아침 댓바람부터였다. 또 그 경찰들 때문인가 싶었지만, 그것보다 훨씬 심각한 일이 벌어졌다.

"얼른 오세요! 진짜 큰일 났어요!"

"무슨 일인데?"

"일단 최대한 빨리 오세요!"

남자 1의 목소리는 다급해 보였다.

김문식이 호텔에 도착했다. 호텔 분위기가 뭔가 평소와 달라 보였다.

"무슨 일인데 그래!"

김문식이 묻자 남자 1과 2가 동시에 말을 더듬으며 외쳤다.

"타, 탈옥이에요. 어, 어떤 놈이 사라졌어요!"

"뭐야! 누구!"

"3333요!"

처음 들어보는 번호였다.

"3333? 내가 데려온 놈은 아닌 거 같은데?"

"J님이 데려온 놈이에요."

"죄명은?"

"공무집행방해요. 술 마시고 경찰한테 행패 부리다 잡혔대요."

김문식은 한숨을 푹 쉬었다.

"잡범이잖아! 그런 놈이 무슨 재주로 여길 나갔단 말이야! 너희들 CCTV 안 보고 있었어?"

남자 1과 2는 할 말이 없어 고개를 푹 숙였다. 어젯밤 하도 출출해서 치킨을 시켜 먹는 동안 CCTV를 보지 않았던 것이다. 그새를 틈타 놈이 빠져나간 듯했다. 도대체 어떻게! 호텔은 실제 감옥보다 더 견고하고 더 치밀하게 리모델링 된 곳이었다. 빠져나가려면 등록된 지문으로 문을 열거나, 아니면 두꺼운 강철 문을 열 개는 부숴야 했다.

"만약 그 새끼가 바로 경찰에 신고하면 어쩌죠?"

남자 1이 겁에 질려 말했다.

"경찰한테 행패 부린 놈의 말을 경찰이 쉽게 믿어줄 것 같아?"

김문식은 일단 겁에 질린 둘을 진정시켰다. 불안하

기는 김문식도 마찬가지였다. 경찰이 들이닥치는 것도 겁났지만, 무엇보다 '윗선'에서 이 사실을 알면 자신한테 어떤 처분이 내려질지 불안했다.

"일단 CCTV를 돌려서 몇 시부터 3333이 방에서 안 보였는지 확인해."

"왜요?"

남자 1이 답답한 소리를 했다.

"왜긴 왜야. 그래야 도주하고 얼마나 경과했는지 알 수 있지. 밤에 탈옥했으니 이 첩첩산중에서 헤매고 있을 거야. 멀리 가지 못했을 테니까 CCTV 확인한 후 바로 추적에 나서! 잡으면 나한테 바로 연락하고."

"K님은 같이 추적 안 하세요?"

"난 교도소에 출근해야 하잖아!"

김문식은 남자 1과 2에게 지시를 한 후 호텔을 벗어났다. 현기증이 났다. 얼마 전부터 나타나는 경찰들, 출소가 다가오는 8번, 거기에 탈옥수까지…… 어디서부터 어떻게 수습을 해야 좋을지 몰랐다.

* * *

결국 8번은 가석방이 결정됐다. 이틀 후에 출소였다.

형기를 채우는 동안 행형성적이 우수했고, 별다른 사고를 친 게 없다는 점이 유리하게 작용했다.

"주임님!"

8번이 해맑게 웃으며 김문식을 불렀다.

김문식은 웃는 척은 했지만 그렇게 유쾌한 기분이 아니었다. 그 의문의 경찰들 탓에 당분간 호텔에 신입 재소자를 들일 수가 없게 됐다. 그런데 이 와중에 8번이 가석방을 한다니. 8번만큼은 지옥 중에서 가장 뜨거운 지옥에 넣어주고 싶은 김문식이었다. 그건 정의감이라기보다는 일종의 본능과도 같은 거였다.

어떻게 그날을 잊을 수 있을까.

20년 전. 오늘처럼 무더운 날이었다. 집안은 사기를 당해 풍비박산이 났고, 아버지는 술에만 취해 가정을 전혀 돌보지 않았다. 학교 갔던 여동생이 밤늦도록 돌아오지 않아도 아버지는 술만 퍼마시고 있었다. 불안해진 김문식이 중학교 교복 차림으로 플래시를 들고 동네를 돌아다녔다. 한 시간쯤 그렇게 헤매고 다녔을까. 새끼 고양이가 우는 거 같은 울음소리가 버려진 창고에서 들렸다. 본능적으로 불길한 예감을 느낀 김문식은 그 창고 안으로 벌벌 떨며 들어갔다. 열 살짜리 여동생이 옷이 발가벗겨진 채 가랑이 사이로 피를 흘리고 있었다. 범인은 곧 잡혔다. 동네에 사는 초등학교 6학년생이었다. 그 자식은 동생을 흉기로 겁주고는 창고로 끌고 가 몇 시간 동안이나 구금해놓고 여러 차례 강간했던 것이다.

그 찢어 죽일 놈이 지금 가석방을 기다리는 8번이다. 8번은 김문식을 전혀 알아보지 못했지만, 김문식은 8번의 생김새를 잊을 수 없었다. 그리고 놈의 짓거리도 잊을 수 없었다. 그 들끓는 복수심도 잊을 수 없었다.

그래서 복수했다. 늘 8번을 미행했던 김문식은 놈이 아무렇지 않게 대학생활을 하고 있는 걸, 그것도 여자 친구까지 사귀며 하하호호 행복하게 지내는 걸 보자 마음에서 지옥문이 열려버렸다.

"죽여버리겠다!"

김문식은 다짐했다. 그러고는 완전범죄를 연구했다. 김문식은 그날로 8번이 다니는 대학 정문 부근의 모텔에 알바로 취직했다. 데스크를 맡는 일이었다. 손님의 잔심부름도 했다. 김문식은 기회를 기다렸다.

기회는 생각보다 일찍 찾아왔다. 8번이 여자 친구와 모텔에 들어서자 김문식은 쿵쾅거리는 심장을 한 손으로 부여잡고는 친절하게 맞이했다. 둘은 다퉜는지 여자가 툴툴거리며 억지로 이끌려 모텔로 들어왔다. 여자는, 오늘은 싫다며 돌아서려고 했지만 8번이 완강히 여자의 팔을 잡고 프론트에서 결제를 했다.

"어서 오십시오. 3층 305호입니다."

그 방은 김문식이 준비해둔, 오로지 8번에게만 안내될 방이었다. 그 방의 생수병에는 청산가리가 섞여 있었다. 확률은 50대50이었다. 8번이 그걸 마시면 8번이 죽고, 여자가 그걸 마시면 여자가 죽는다. 김문식은 여자가 죽길 원했다. 그래야 8번이 살인자가 될 게 아닌가. 그래야 8번이 뒤늦게라도 죗값을 받아 옥에 갇힐 게 아닌가.

모텔 알바 경험상, 샤워는 보통 여자가 먼저 한다. 샤워를 끝낸 여자는 갈증을 느낄 확률이 높다. 남자가 샤워를 할 동안 냉장고를 뒤져 생수병을 찾을 게 뻔했다. 이렇게 보면 확률이 꼭 50 대 50이라고는 볼 수 없었다.

김문식은 기도하는 마음으로 비명을 기다렸다. 20분쯤 뒤, 비명이 들렸고 119와 112가 도착했다. 119는 여자를 실어 갔고, 112는 8번을 지구대로 연행했다. 김문식은 쾌재를 불렀다. CCTV 녹화영상을 요구하는 경찰에게는 기다렸다는 듯 그들이 다투는 모습이 담긴 화면을 내놓았다. 8번은 살인자가 돼 감옥으로 갔고, 김문식과 거기서 다시 만났다.

그런데 이 벌레 같은 놈이 가석방이라니! 지금 가석방되면 호텔로 데려갈 수가 없게 된다. 그 경찰들 때문에. 어떻게 해야 하나. 어쩌면 좋나. 김문식은 고민했다. 놈이 출소하자마자 낚아채야 한다. 가족이나 친구를 만난 뒤에 납치하면 김문식의 꼬리가 잡힌다. 놈은 분명 "교도소에서 알던 분 만나러 간다"라고 말할 게 분명하지 않은가.

한참을 고민하던 김문식은 8번만큼은 그냥 원래 하던 대로 호텔에 집어넣기로 했다. 그 경찰들이 거슬렸지만 방법이 없었다. 혹시라도 8번을 호텔에 집어넣는 동안 그 경찰들과 마주치면 매우 난처해지지만 모험을 해보기로 했다. 다른 놈은 몰라도 8번만큼은 절대 놓아줄 수 없었다. 이놈에게는 이제부터 진짜 지옥을 맛보여줘야 하니까.

* * *

"교수님."

제자가 교수를 속닥속닥 불렀다.

"쉿! 그렇게 부르지 말라고 했지. 김 경위님이라고 하라니까!"

그들은 수풀 속에 숨어 망원경으로 호텔을 감시하고 있었다. 정말 수상한 곳이었다. 이 첩첩산중에 호텔을 지은 것도 희한한 일이지만, 버려졌다고 하는 호텔에 관리인이 있는 점도 이상했다. 무엇보다, 2725 그 자식의 전자발찌 신호가 여기서 끊어진 점이 가장 수상했다. 무슨 비밀결사단체인가? 2725도 거기에 가입을 했나? 무슨 꿍꿍이들이지? 2725는 왜 밖으로 한 번도 안 나오지? 막상 2725와 맞닥뜨리면 어떻게 죽이지?

의문이 꼬리에 꼬리를 물었다. 그들이 준비한 건 테이저건과 가스총이 전부였다. 그리고 순찰차 트렁크에는 2725를 야산에 묻을 때 필요한 삽과 곡괭이가 하나씩 있었다. 그걸로 과연 멧돼지 같은 2725를 잡을 수 있을까⋯⋯.

그때였다. 누군가 호텔 앞에 차를 대는 게 보였다. 차에서 내린 남자는 전에 잠깐 대화를 나눈 호텔 관리인 같았다.

"교수, 아니 김 경위님! 저길 보세요. 그 남자예요."

"어디? 망원경 줘봐."

김문식은 경찰(?)들이 매복해서 자신을 관찰하고 있으리라고는 예상치 못한 듯했다. 그저 8번을 잡아왔다는 안도감에 들떠 있을 뿐이었다.

김문식이 도착하자 남자 1과 2가 그를 맞았다.

"이 새끼는 어느 지옥에 가둘까요?"

남자 1이 묻자 김문식이 피식 웃으며 답했다.

"이 새끼는 모든 지옥을 맛봐야 해. 우선 폭행지옥에 가두고 1년에 한 번씩 수위를 올려서 강간지옥까지 가게 해."

그들의 대화를 엿들은 교수는 지금밖에 기회가 없을 것 같았다. 그는 충동적으로 번쩍 일어서더니 가스총을 뽑아 들었다.

"꼼짝 마! 너희들을 납치 현행범으로 체포한다!"

무슨 용기였는지 교수가 그 짓을 저지르자 제자도 하는 수 없이 수풀에서 나와 김문식과 남자들에게 테이저건을 조준했다.

"전에 왔던 그 경찰들이잖아. 이거 골치 아프게 됐군. 어쩌죠, K님?"

단 한 번도 자신의 머리로 생각해본 적이 없는 남자 1이 또 김문식에게 물었다. 8번이 깨어나기 전에 얼른 지옥에 가둬야 하는데, 경찰들 때문에 낭패를 보게 생겼다.

교수는 지금이 아니면 호텔로 들어갈 기회가 영영 없다는 생각이 들어 확 저질러버렸지만, 김문식은 그리 만만한 상대가 아니었다.

"어디 소속입니까? 나는 중앙특수경찰대 소속입니다만. 여기는 우리 안가(安家) 같은 곳이외다."

"중앙특수경찰대? 안가?"

김문식은 경찰관 신분증과 비슷하게 생긴 교도관 신분증을 휙 보이고는 여유롭게 대꾸했다.

"안가 몰라요? 안전가옥."

"그, 그런데 여기서 뭐, 뭐 하는데요?"

여전히 가스총을 겨냥한 교수가 물었다.

"아, 바로 경찰서로 데려가면 기자들이 들러붙으니까 여기서 기초적인 취조를 하고 데려갑니다. 이 호텔의 용도는 그것이고요."

남자 1과 남자 2는 김문식의 순발력에 감탄했다. 그러나 가스총을 겨눈 교수도 호락호락하게 물러서지 않았다.

"내가 직접 안에 들어가 봐야겠소."

하지만 김문식도 물러서지 않았다.

"여기는 허가받지 않은 사람은 출입이 금지된 곳이외다."

이번엔 제자가 말을 받았다.

"어느 경찰이 용의자를 기절시켜서 트렁크에 실어

오죠? 그리고 저기 두 사람, 아무리 봐도 경찰처럼은 안 보이는데요. 동네 백수라면 몰라도."

그 말에 남자 1과 남자 2가 흥분하기 시작했다. 평소에는 고분고분하고 양순하기만 한 두 사람이지만 무시당한 기분이 들면 헐크처럼 변했다. 둘의 얼굴이 시뻘겋게 달아오르기 시작했다.

"이 개새끼!"

"이 나쁜 년!"

남자 1과 2가 돌변해서는 바닥에 널브러져 있던 삽을 들고 경찰들에게 달려들었다.

"어어어어!"

제자는 겁에 질려 자기도 모르게 테이저건을 발사했다. 그런데 테이저건 사용법을 제대로 숙지하지 못해 교수를 맞히고 말았다.

"으으으으으!"

고압 볼트에 당한 교수는 몸을 부르르 떨며 입에 거품을 물었다. 그러다가 본능적으로 가스총을 발사하고 말았는데, 그게 또 마침 제자의 얼굴을 향했다.

"으악!"

날카로운 비명을 지른 제자는 매스꺼움을 참지 못하고 그만 실수를 하고 말았다.

"교수님, 저한테 쏘면 어떻게 해요!

* * *

　김문식은 머리가 어질어질했다. 어떻게 탈옥했는지 모르겠지만, 3333이라는 놈은 아직 잡히지도 않았고, 경찰인지 교수인지 하는 것들은 자기네끼리 가스총과 테이저건을 마구 쏘아대고 있었다. 남자 1과 2는 헐크로 변해 삽을 휘두르며 뭔지 모를 여자한테 달려들고 있고. 굳이 말리고 싶지 않았다. 여자의 실수로 그들의 신분이 들통나버렸으니까.

　그 난장 통에 어떤 남자가 수풀을 헤치고 호텔 쪽으로 뚜벅뚜벅 걸어왔다. 차림새로 봐서는 죄수가 분명한데, 어떻게 저기 있는 거지?

　김문식은 눈을 찡그리며 그 남자를 찬찬히 살펴봤다. 옆에서는 온갖 난장판이 벌어졌지만, 김문식의 눈은 그 남자에게 꽂혀 있었다. 본능적으로 그 남자가 범상치 않은 사람임을 눈치챘다.

　남자는 주변에서 벌어지는 일 따위는 아랑곳하지 않은 채 곧장 김문식에게 다가왔다. 이제 얼굴이 식별될 만큼 가까워졌다. 남자의 가슴팍에는 3333이라는 숫자가 선명하게 적혀 있었다. 바로 그 탈옥범이었다.

김문식은 그 남자가 어떻게 탈옥을 했으며, 왜 제 발로 돌아왔는지 도통 알 수 없었다. 남자는 김문식 코앞에 우두커니 서더니, 정교하게 만들어진 3D 입체 가면을 잠깐 벗어 김문식에게만 진짜 얼굴을 보여줬다.

"다, 당신은!"

도강휘였다. 영화배우 도강휘.

그제야 김문식은 이 조직의 수장이 누구인지, 누구 손에 의해 돌아가는지 퍼뜩 파악이 됐다. 수장은 바로 도강휘였던 것이다. 하지만 그가 왜 자진해서 '호텔'에 들어왔는지는 알 수 없었다. 감히 물어볼 수도 없었다. 다만, 그가 탈옥을 할 수 있었던 이유만 짐작할 수 있을 뿐이었다.

도강휘. 그는 어린 시절에 여동생을 범죄의 희생양으로 잃었다. 그 충격으로 부모는 평생을 마음의 멍울을 진 채 살다가 울분 속에서 눈을 감았다. 도강휘의 목표는 오직 하나였다. 범죄자를 법률의 보호로부터 떼어놓기. 범죄자에게 응당 돌아가야 할 몫을 돌려주기. 오직 그뿐이었다.

영화배우라는 직업은 그런 그에게 참 어울리는 일이

김성준

었다. 여러 겹의 인격을 연기하며, 영화마다 다른 인간이 되는 것. 그 맛에 그는 영화판을 떠나지 못했다. 피해자들의 자발적인 후원금만으로는 부족한 조직 자금을 충당하기에도 이만한 직업은 없었다. 다행히 그는 찍는 영화마다 히트를 쳤고, 젊은 나이에 백만장자가 된 지 오래였다. 그는 그 돈을 지금껏 범죄자를 '참교육'을 시키는 데 썼던 것이다.

"자, 그럼 '이번' 게임을 끝내 보실까."

도강휘가 말하자 남자 1과 남자 2는 다시 온순한 사람으로 돌아왔다. 마치 처음부터 도강휘가 수장이라는 걸 알고 있기라도 하듯.

"경찰복 입은 등신 둘은 도박지옥에 가둬. 그리고 저 8번은 K의 지시대로 하고."

그 말에 남자 1과 남자 2는 삽으로 남녀를 때려눕힌 뒤 8번과 함께 호텔 안으로 질질 끌고 갔다.

"K, 자네 말인데."

둘만 남게 되자 도강휘가 김문식을 향해 입을 뗐다.

"8번에게 멋진 복수를 했군. 축하해. 저놈은 평생 여기를 못 나갈 거야. 내 장담하지. 죽어서도 나가지 못할 거야. 백골이 된 채 방에 덩그러니 던져져 있겠지. 그 점만큼은 내가 약속하네."

그렇게 말하며 도강휘는 짝짝짝 박수까지 쳤다. 그
러고는 김문식의 어깨를 툭툭 쳤다. 김문식은 얼떨떨
했다. 도강휘의 출현으로 받은 충격이 아직 채 가시지
않은 듯했다.

"그런데 말이야."

도강휘가 다시 입을 열었다.

"8번의 여자 친구 살해사건에 대해서는 어떻게 생각
하나? 복수를 하기 위해 누군가를 희생양으로 삼는 건
죄가 아닌가?"

도강휘가 김문식의 아픈 곳을 찔렀다.

김문식은 화들짝 뒤를 돌아봤다. 세 사람을 가두고
나온 남자 1과 남자 2의 눈빛이 변해 있었다. 평소처럼
멍하고 어딘가 나사 한두 개쯤 빠진 그 얼간이들이 아
니었다. 마치 주인 말을 잘 듣는, 민첩하고 사나운 사냥
개 같은 모습이었다.

"내가 3333으로 변신해서 잠시 호텔에 있어 보니 여
긴 지옥이 아니야. 더 매운맛이 있어야 해. 저것들은 아
직 반성조차 않고 있어."

"그럼 어떻게……?"

김문식이 간신히 입을 떼 물었다.

"그야 찬찬히 기획을 해봐야지. 시간은 항상 내 편이

102
김성준

아닌가.”

'우리 편'이 아니라 '내 편'?

“이봐!”

도강휘가 남자 1과 남자 2를 불렀다.

“뭐 하나!”

그러자 남자 1과 남자 2가 삽으로 김문식의 머리를 내리찍었다.

* * *

눈을 떠보니 1평 남짓한 방이었다. 푹푹 찌는 한여름인데 방의 천장에는 히터가 켜져 있었다. 끄고 싶어도 손이 닿지 않았다. 목이 말라 물을 마시려고 했지만 뜨거운 물밖에 없었다. 벽에는 곰팡이가 슬어 알록달록했고, 방바닥에는 죽은 바퀴벌레 사체를 개미 떼가 뜯어먹고 있었다. 방에는 출입문 자체가 없었다. 지옥에 가둬지면 곧바로 벽돌에 시멘트를 발라 완전히 감금을 해버린다. 쇠창살이 빼곡하게 달린 아주 작은 창살 사이로 공기를 들이마실 수 있을 뿐이다.

김문식은 아차 싶었다. 자신이 갇힌 것이다. 바로 살인지옥에.

이 위선자!

김문식은 도강휘를 향해 속으로 저주를 퍼부었다.

그래, 자신도 복수를 위해 죄를 저질렀다. 하지만 도강휘 역시 복수를 위해 끊임없이 죄를 짓고 있다는 점에서는 똑같지 않은가. 왜 자신만 갇혀야 하고, 도강휘는 그렇지 않은가 말이다.

옆방에서 흥얼거리는 소리가 들렸다. 목소리를 들어보니 2725, 그놈이었다.

"김 주임, 그 방은 지낼 만하쇼?"

놈은 껄껄 웃으며 새로 들어온 감방 동기를 맞이했다.

안 돼! 이건 악몽이야. 나는 지금 꿈을 꾸는 거야. 이건 꿈이야. 실제일 리가 없어!

김문식은 마음속으로 비명을 질렀다.

남자 1과 남자 2는 통제실에 앉아 그런 김문식을 CCTV로 바라보며 닭 다리를 뜯고 있었다.

그때, 새로운 남자들이 통제실에 들이닥쳤다. 남자 1과 남자 2는 깜짝 놀라 손에 쥐고 있던 닭 다리를 놓치고 말았다. 남자들은 남자 1과 남자 2에게 테이저건을 발사해 고압 볼트로 마비시켰다. 그러고는 남자 1과 2를 폭행지옥에 가뒀다. 가짜 경찰들을 폭행한 게 죄였다. 도강휘의 허가를 받지 않고 가짜 경찰인 교수와 그 제자를 삽으로 두들겨 팬 대가를 이제 받을 차례였다.

"세상엔 크든 작은 죄가 하나도 없어야 해. 검은색으로 그린 그림은 큰 것이든 작은 것이든 검기는 마찬가지니까."

도강휘가 새로운 남자들에게 통제실 열쇠를 맡기고 자리를 떴다. 그가 떠난 지옥에는 절규와 비명과 한탄만이 가득했다. 버려진 호텔 위로 한여름 태양이 작열했고, 바람 한 점 불지 않는 날이었다.

작가의 말

  범죄자를 단죄하는 양형의 기준은 타당한가. 어쩌면 우리
는 때로 지나치게 관대한 판결 탓에 또 다른 피해를 입고 있
는 건 아닐까. 이 작품은 이런 의문에서 시작됐다.

  글쓰기의 본령은 소통에 있고, 소설 역시 동시대를 공유
하는 독자와 호흡을 같이해야 한다고 생각한다. 그런 점에서
소설이라는 글쓰기는 일단 재미가 있어야 한다. 이 작품이
글쓰기의 본령에 얼마나 다가갔는지, 소설로서의 덕목을 제
대로 갖추었는지는 독자들이 매서운 눈으로 살펴봐주실 것
이다.

  아무쪼록 이 소박한 작품이 우리 콘텐츠를 더욱 풍성하게
하는 데 작으나마 일조했으면 한다.

  읽어주시는 모든 분에게 감사드린다.

늑대 사냥꾼

노네임

여러 개의 필명으로 다수의 책을 출간하였고 햇살 맑은 날과 커피 마시기를 좋아합니다. 생각하기를 취미로 두고 있으며, 혼자만의 시간 속에서 여러 개의 길을 생각하며 그리로 하나씩 들어가 보는 걸 좋아합니다.

눈 위에서 달무리가 쓸어낸 늑대 발자국이 선명했다. 밤하늘의 별들은 휘돌고, 윙윙대는 칼바람 속 눈발도 휘돌았다. 그레이는 한쪽 무릎을 꿇고 오른쪽 장갑을 벗었다. 큼지막한 손으로 발자국의 깊이와 문양을 만졌다.

흰 패딩은 마치 허벅지 갑옷처럼 무릎 위까지 보호하고 있었다. 사냥총의 총열은 20인치가 넘었다. 30구경이 토해낸 길쭉한 탄환은 목구멍의 파열 같은 잠깐의 바람 소리 이후 눈을 붉게 물들인다. 그게 그레이가 하는 일이었다. 그는 늑대 사냥꾼이었다. 늑대는 도처에 깔려 있었다. 떼를 지어 다니는 그들은 작은 군대와 같았기에 늘 조심해야 했다.

그는 발자국을 다시 훑었다.

"역시 세 마리군."

발자국을 쫓아 도착한 곳은 울타리가 부서진 목장이었다. 농수로가 지나는 연못처럼 작은 곳이었다. 거기엔 약간의 엉긴 양털과 핏자국만 남아 있었다. 주인인 노파가 나무 의자에 앉아 있었다. 카디건 같을 걸 입고 곰방대에 불을 붙인 채 먼 하늘만 바라보고 있었다. 바람에 펄럭대는 옷을 한 손으로 붙잡고 있었지만 무척 태연했다.

그레이는 가까이 다가가 입을 가린 마스크를 내렸다.

"주인이십니까?"

그의 시선이 눈이 쓸려 흙이 드러난 곳을 지났다. 양은 발길질을 하며 필사적으로 몸부림을 쳐댔을 거다. 그러나 늑대의 끈질김은 버틸 도리가 없다. 늑대는 턱힘이 좋은데다 먹잇감을 쫓아 수십 킬로미터를 달릴 정도로 끈기가 있다.

"그렇소만은? 딸하고 아는 사이오?"

노파의 두 눈은 빛을 잃은 듯 흐리멍덩했다. 192센티미터에 106킬로그램쯤 나가는 몸. 짐승처럼 얼굴의 반을 뒤덮은 덥수룩한 회색 털. 어깨에 멘 사냥총. 노파 정도는 쉽게 넣어갈 백팩. 경계심이 들 법도 한데 노파는 조금의 여지도 내보이지 않았다. 오히려 길쭉한 코와 튀어나온 하관에 더 관심이 있는 듯했다. 혹 늑대처럼 보일 것이다.

그레이가 고개를 가로저었다.

"늑대 사냥꾼입니다."

노파가 이방인의 위아래를 훑었다.

"크구려."

"그런 소리 많이 듣습니다."

조용했던 하늘에서 눈송이가 흐벅지게 날렸다. 그는 하늘을 올려다보았지만 노파는 상대의 너른 가슴팍만 주시했다. 이윽고 총으로 시선을 옮겼다. 번갯불에 콩을 구워 먹는 신의 번개 막대기처럼 보았다.

"총이 내 키만허이. 얼마면 되지요? 우리 딸을 물고 간 늑대 놈들을 죽이려면 얼마가 필요하오?"

"무료 서비스입니다."

"가엾은 늙은이를 데리고 농을 치는 거요? 나는 가진 게 이 낡은 오두막뿐이라오. 나만큼이나 늙었지. 손녀가 물려간 지는 꽤 됐소. 시어머닌 손녀 이야기를 자주 하지요. 살아서는 남자에게 맞아 죽고, 죽어서는 늑대한테 물려간 불쌍한 것을. 사람이었을 때도 나는 입을 그만 닫고 살았지요. 손녀뿐이 없는 노인네에게 어떻게 손녀가 발길질로 죽었다고 말할 수 있겠소. 아유, 치매여서 다행이었지. 지금도 치매라우."

양은 죽었다. 대롱처럼 물려갔다.

노파가 담배 연기를 내뿜었다. 늙어서가 아니라 원천적으로 못생긴 여자였다. 양도 다르지 않을 거라고 그레이는 생각했다.

"무료 서비스입니다만 실패할 수도 있습니다. 그

럼 오두막에 사는 게 편치 않을 겁니다. 혹시 다른 곳…….."

"이래 죽으나 저래 죽으나. 딸애가 죽은 뒤 나도 옥상에서 뛰어내렸소. 빙글빙글 떨어지는 순간에야 병든 시모가 생각나더구먼. 죽어서 만나니까 가여워서 견딜 수가 있어야지. 깜박 잊었소? 어떻게 꼬부랑 할망구가 누운 자리서 꼼짝 못 하는 치매 노인을 데리고 도망갈 수 있겠소? 차라리 죽고 말지."

"그럼 반드시 늑대를 죽이고 돌아와야겠군요."

"네 마리나 되는걸?"

"세 마리입니다."

눈송이 하나가 나부끼는 꽃잎처럼 그레이의 얼굴을 휘리릭 가로질러 내려왔다.

"검은 거 한 마리가 더 있었소. 고놈은 멀리서 지켜보기만 했지. 다른 것들하고 다른 종인 거 같은데 어울리지도 않고 그저 으르렁거리기만 했지. 나는 그놈이 더 무섭소. 언젠가 굶주린 늑대가 우리 집에 쳐들어오면 그놈이지 싶어. 천지 분간 못하는 다른 것들하고 느낌부터가 달랐지."

"그럼 네 마리군요. 알겠습니다. 접수했습니다."

"이제 가는 거요?"

"빠를수록 좋거든요."

* * *

자박자박 눈 위를 걷던 그레이는 잠시 쉬었다. 기다
란 그림자가 깨끗한 눈 위에 핏자국처럼 졌다. 어둑어
둑한 하늘에서 눈송이가 쉴 새 없이 떨어졌다. 잠깐 하
늘을 봤을 뿐인데 얼굴 위로 수군거렸다. 허리를 굽히
자 우두둑했다. 그는 눈을 쓸어와 입에 넣었다. 시원하
고 맛이 있었다.

"발자국."

눈 위의 발자국들이 공포의 빛을 내며 산개해 있었
다. 가다 보면 좁아지고 더 가면 폭이 넓어진다. 산만하
기 이를 데 없는 갯과 동물의 무도회였다.

"세 개. 세 마리."

그는 멀리 수목선 경계를 바라봤다. 길쭉한 나무들
위로 넝쿨 진 밤안개가 내려와 앉아 있었다. 저기까지
만 가면 늑대 굴을 찾을 수 있을 터였다. 그는 고요한
설원 위를 106킬로그램으로 짓누르면서 하얀 땅을 점
박이로 만든 것들을 쫓았다. 간간이 핏자국이 있었다.
쓸린 자국도. 부러져서 해롱대는 목.

얼마 후 그는 동물의 사체를 발견했다. 발로 쓱쓱 문질러봤다. 끔찍하게 찢겨 있었고, 창자는 깨끗하게 비어 있었다. 그는 숨을 돌리며 몇 가지를 묻어줄까 고민에 빠졌다. 총을 가져왔다가 다시 고쳐 맸다. 가지고 오두막집까지 돌아가기엔 너무 멀었다. 놔두면 늑대 차지였다. 묻어도 늑대의 후각을 피할 수 없을 거였다.

"그냥 둘 수는 없는 노릇이지. 하지만 가져갈 수도 없어. 이런, 제길."

눈이 펄펄 휘날렸다. 그는 눈 속에 파묻힌 발을 빼들었다. 깊은 데는 무릎까지 오는 데도 있었다. 퍼뜩 노파 생각이 났다. 이런 데 갇히면 오도 가도 못할 사람을. 한시바삐 늑대를 잡고 싶었다. 한순간 돌풍이 휘 불어닥쳤을 때 언 돌멩이처럼 데굴데굴 구르는 고깃점들이 떠올랐다.

이윽고 수목선에 당도했을 때 그는 하얀 산림을 두리번거렸다. 막 움직이다가 돌부리에 걸려 어설프게 한쪽 무릎을 꿇고 넘어졌다.

끄르륵.

"배가 고픈데."

그는 어깨에 멘 총을 앞으로 가져왔다. 마침 해안 절벽의 기암괴석처럼 솟아나 있는 얼룩덜룩한 바위를 발견하고 거기에 앉았다. 호밀빵 샌드위치를 꺼냈다. 안에는 토마토, 피클, 양배추, 정어리가 들어가 있었다. 가끔 정어리가 고약한 맛을 내긴 하지만 쉽게 잡을 수 있어 칼로리를 얻는 데 이만한 게 없었다.

그는 기침과 함께, 접어 쓴 회색 비니를 벗어서 옆에 두고 상의 주머니에서 수첩을 꺼내 펼쳤다.

토끼 두 마리: 남서쪽에서 발견.
남매. 누나 열두 살. 남동생 열 살. 가정 폭력 끝에 아빠에게 피살.

.
.

터키쉬 앙고라: 북남 쪽에서 발견.
스물두 살 여자. 조모 가정. 데이트 폭력에 의한 피살.
구관조: 북동쪽에서 발견.
여덟 살 남아. 젤리를 좋아했음. 아동학대 피해 어린이. 계모에게 피살. 산에서 유기되어 발견.

.
.

카나리아: 남서쪽에서 발견.
아홉 살가량 여아. 반지하 방에서 발견. 신원 확인 불

가능.

하늘다람쥐: 동서쪽에서 발견.

여든두 살 노파. 독거노인. 폐지 수집하여 생계 이음. 묻지 마 폭행에 의한 피살.

.
.
.

그레이는 눈으로 종이를 훑다가 글자가 끝나는 곳으로 종이를 넘겼다. 오물오물하던 걸 멈추고 단추와 지퍼를 따 점퍼를 갈랐다. 볼펜을 꺼냈다. 온기 탓에 따뜻했다.

양: 동쪽에서 발견.

아직은 공란이었다. 늑대를 없애고 나면 쓸 게 있을 터였다. 그는 키다리 나무들이 즐비한 주변의 살풍경한 광경을 눈으로 주워 담았다. 그의 무기력한 두 눈은 의욕을 상실한 듯 또는 약간은 졸린 듯 반쯤 감겨 있었다. 핏대가 선 눈은 앞을 보고 있지만 커다란 손은 다시금 수첩을 차분하게 넘겼다. 뒤에서 앞쪽으로. 글을 읽으면서 목을 덮고 있는 답답한 뒷머리를 만졌다. 모자 탓에 머리 꼭대기에서 둥근 봉우리가 져 있는 회색 털.

그는 샌드위치를 다 먹을 때까지 속으로 글을 읽었다. 차를 약간 마시고 나서는 음미하듯 중얼거렸다. 비니를 편 다음 머리에 꼭 맞게 살짝 접어 올린 후 썼다. 앞머리가 거슬린 탓에 눈까지 내려온 걸 쓸어서 비니 안으로 쑤셔 넣었다.

"눈이 그칠 생각을 안 하는군."

그는 걸음을 재촉했다. 늑대 발자국이 지워지면 곤란했다. 노파의 말에 의하면 검은 늑대도 있다. 같은 패거리는 아니라고 하니, 헷갈리면 곤란했다. 검은 늑대도 언젠가 사냥할 순간이 올 수 있다. 당장이라도 눈에 띄면 방아쇠를 당길 거였다. 그는 기침이 올라오는 탓에 주먹으로 입술을 살짝 가렸다. 클. 클. 콜록.

"발자국이 오래도 가는군. 이런 눈 속에서 몇 분이나 버틸까?"

바람이 불었다. 점점 거세졌다. 멈출 기미가 없었다. 그는 몸을 움츠리고 기다렸다. 달빛을 받아 빛나는 지상에서 하얀 냉기가 휘청거리며 날아다녔다. 바람이 잦아지는 순간 그는 이마에 통증을 느꼈다. 가벼운 화끈거림이었다. 다행히 별거 아니었다. 그는 총을 바로 메고 섰었다 흩어지는 발자국들을 쫓았다.

아우우울!

"늑대다!"

남들 같으면 무서워서 달아났겠지만 그는 오히려 반갑다. 그는 늑대 사냥꾼, 그의 직업은 늑대들이 있어야 존재한다. 만약 총알이 떨어지거나 제때 총기에 삽입하지 못한다면 칼이 있었다. 20센티미터쯤 되는 칼은 뼈도 우습게 부러트릴 수 있는 강도를 지녔다. 그가 얼마나 칼을 빨리 뽑는지 늑대들은 절대 모를 거다.

"내가 얼마나 빠른지 너희들은 절대 몰라. 그걸 알만한 놈들은 죽고 털가죽만 남아 있지."

발자국이 눈에 덮이지 않은 걸 보면 늑대의 둥지는 멀지 않은 곳에 있었다. 그는 잠깐 뒤를 돌아봤다. 눈보다 앞서 어둠이 성큼성큼 발자국을 지우고 있었다. 하지만 가까이는 오지 않았다. 하늘에 뜬 달이 서치라이트처럼 밝았다.

"음?"

그는 팔에서 총 끈을 벗겨냈다. 두 손으로 잡았지만 조준경에 눈을 대지는 않았다. 그는 자세를 고정하고 잠깐 귀를 기울였다. 주변에는 춤이라도 췄는지 짐승의 발자국이 큰 무대를 형성하고 있었다. 바람이 휘파람을 불었다. 그는 언젠가부터 삐져나온 귓바퀴를 비니 안에 쑤셔 넣으며 한쪽 얼굴을 찡그렸다. 눈발이 서쪽을 향해 커튼처럼 미끄러졌다. 하늘에서 하얀 점이 우수수 떨어졌다. 차디찬 총신에도 한 송이 두 송이 떨어졌다. 얼음 결정체가 조각조각 녹아났다.

그는 자신의 숨소리를 들으며 조준경에 눈을 댔다. 한쪽 눈을 감고 이리저리 훑었다. 기다렸지만 여전히 늑대는 보이지 않았다. 얼마간 더 가야 할 모양이라고 생각했다. 그때 콧구멍 소리를 들었다. 지그재그로 엇나간 이빨 새로 썩은 입김이 토해지고 있을 터였다. 그레이는 눈만 움직였다. 당연히 총에는 총알이 장전돼 있었다.

총알 장전이야 그의 평소 습관이나 마찬가지였다. 취침할 때와 기상할 때 가장 먼저 하는 일이 총신을 확인하는 일이었다. 쓸모에 관한 생각 때문인지 총을 청소하기 위해 이것저것 떼놓고 볼 때면 천 위에 놓아둔 귀중한 총알이 이따금 계륵처럼 보일 때도 있었다.

"왔다!"

그는 몸을 일으키는 동시에 뒤로 휙 돌았다. 방아쇠를 반쯤 당겼던 손가락과 시선이 분산됐다.

탕!

깨깽!

툭.

늘대가 새우처럼 몸을 고꾸라트렸다. 혀가 너덜너덜한 아가리에서 핏물이 쏟아졌다. 눈이 순식간에 붉게 물들었다. 콸콸 흐르는 시뻘건 액체 탓에 눈밭이 흰 김과 함께 녹아내렸다.

"나머지는 어디 있냐?"

그는 가서 늘대를 찼다. 거친 모피가 가죽 신발에 눌렸다. 죽은 게 확실했다. 그 자리서 칼을 꺼낸 그는 야수의 가죽을 벗겨냈다. 무두질 끝에 얻은 걸 바닥에 문질렀다. 쓸 만해졌다 싶었을 때 아무렇게나 접어서 백팩에 쑤셔 넣었다. 그러다 마음이 바뀌어 가죽에서 일부만 떼어냈다. 가방에 넣으며 공간을 확인했다. 다른 두 마리를 위해서였다.

"두 놈 남았다."

그는 잠시 무릎을 꿇고 바람이 지나가길 기다렸다. 솔방울처럼 휘날리던 눈송이가 다시 보드라운 감촉을 되찾았다. 말도 안 되지만, 40도를 웃도는 햇살 속에 있는 기분이었다. 여기는 도심 광장이고 구리로 만들어진 동상 아래였다. 랜드마크 아래로, 어디보다 눈에 띄는 곳이었다. 그는 자신이 그런 신세라고 생각했다.

철창에 갇혔다.

늑대가 어둠 속에서 튀어나온다는 생각을 못 하고 있었던 건 아니지만, 실제로 뒤쪽에서 접근하고 있는 걸 발견하곤 심장마비가 올 뻔했다.

"갑자기 의심해서 미안한데, 노인네 집에 쳐들어간 놈들 맞지? 양을 물어갔잖아?"

순간 그는 늑대가 덤비는 걸 총으로 막았다. 그가 제자리서 빙빙 돌았다. 늑대가 놀이기구를 탄 아이처럼 붕붕 날았다. 순식간에 두 마리가 양쪽 허벅지와 발을 물었다. 총을 쏠 생각도 못 하고 칼로 한 마리씩 끝냈다. 피가 개울처럼 흘렀다. 고통이 이만저만이 아니라 늑대처럼 포효할 수밖에 없었다.

마침 버려진 사륜마차가 있어 그리로 들어가 문을 잠갔다. 상처를 확인하니 살이 엄청나게 떨어져 나간 상태였다. 밖에서 한동안 맴돌던 게 뭐였는지는 그도 모른다. 하지만 뭔가 있었고, 그게 늑대라고만 생각했다. 무리 중 큰놈으로만 생각했다. 하지만 그건 검은 늑대였을 것이다.

순간 그는 정신을 차렸다. 갑자기 주위가 어두워졌고 느닷없는 추위를 느꼈다. 마스크 밖으로 뜨뜻한 입김이 쏟아졌다. 피라도 토한 것처럼 꼭 마스크가 젖은 느낌이었다. 두꺼운 옷감으로 목을 감싸고 있었다. 설사 늑대에게 기습을 당할지라도 목이 뜯겨 죽는 일은 없을 거였다.

"나한텐 칼도 있다."

총신에서 달빛이 춤을 췄다. 그는 총알을 재장전한 뒤 눈을 한 움큼 쥐어 먹었다. 그레이. 그는 자신이 사냥하고 있는 늑대 종과 같은 이름을 가지고 있었다. 그레이는 정글북의 모글리처럼 늑대가 키운 인간이었다. 그래서 늑대의 생태를 잘 알았다. 그들이 인간이었을 적 어떤 인간이었는지도 말이다.

그를 키운 회색 늑대는 배에 칼자국이 있었다. 인간이었을 적 조직에 몸담았다. 술만 취하면 헤어지자고 하는 애인이 있었다. 하루는 너무 화가 나 가스관을 절단해버렸다. 혼자만 기적적으로 살아남았다. 응급실 의사에게 살려달라는 애원을 해대며 몇 번이나 피부 이식 수술을 받던 끝에 후유증으로 죽었다. 아주 파렴치하고 못돼먹은 인간이었다.

그 회색 짐승이 저주에서 벗어날 수 있었던 건 그레이를 보호하다 죽었기 때문이었다. 상대 늑대도 부상을 당한 상태여서 어린 그레이가 어렵지 않게 돌로 때려죽였다. 그 후부터 그의 늑대 사냥이 시작됐다. 그는 늑대들을 배워갔다. 그들이 한때 약자를 등쳐먹고 산

포식자 인간이었음을 알았다. 비교적 강한 육체에도 불구하고 이간질 같은 악취미를 가졌고, 사기, 강간, 폭력, 살인에 능했음을 깨달았다.

인간계에서 목숨을 잃은 가해자들은 이 세계에서 늑대의 지위를 얻었다. 반면에 어떤 식으로든 목숨을 잃은 피해자들은 초식성의 중소형 동물의 지위를 얻었다. 아니면 열매나 찾아다니는 날짐승이거나. 피해자의 유가족은 이 세계에서도 피해 유가족이었다.

비합리적인 처사라고 생각한 적도 있지만, 그레이는 괜찮은 일이라고 여겼다. 약자라는 명칭은 그저 명칭일 뿐이기 때문이다. 다른 이유는 없다. 저승이든 제4차원의 세상이든, 그것도 아니면 죽은 자들의 지하 세계로 가기 전의 중간 단계쯤 되는 곳이든 불가해한 이 세계가 그저 존재하듯이.

그는 기침을 했다. 각혈을 했다고 생각했지만 핏자국은 없었다.

"나도 참. 기침할 때마다 피를 토했다고 생각하는군."

그의 수첩은 가시를 달고 있다. 읽어버린 것밖에 없는 약자들의 마지막 일기가 짤막한 도막 문구로 나열돼 있었다. 그들에게 일일이 시간과 날짜 그리고 숫자를 부여하지 않은 건 순서를 정하기 싫어서였다. 그는 습관처럼 수첩의 행간을 읽는다. 성직자들이 교리를 외우듯 그들의 일면을 외워 다니려 했었지만 머리가 나쁜 탓인지 좀처럼 나아지는 건 없었다.

그레이는 비린내 나는 생선만 먹었다. 하지만 코가 밝은 짐승이 그의 두 손에 묻었던 피 냄새를 모를 수 없을 것이다. 그는 달이 비친 개울을 보며 자문한 적이 있었다. 나는 포식자인가?

"아울."

그가 하얀 입김을 토하며 늑대 소리를 냈다. 늑대에게 양육을 받았기에 다른 사람보다 더 진짜 같이 흉내 낼 수 있었다. 그는 다시금 고개를 쳐들고 울부짖었다. 정말 울부짖었다. 하관이 긴 탓에 늑대야말로 이란성 쌍둥이였다. 몸에 밴 늑대 냄새 때문인지 그가 나타나면 몇몇 초식 동물이 실금을 할 때도 있었다.

"우우……!"

실제로 이 소리를 들은 늑대가 따라 울 때도 있었다. 실제로라는 말을 붙이기엔 그 확률이 높았다. 5에서 3할가량이니까. 그는 마스크로 회색 털이 뒤덮인 입을 가렸다. 그의 무기력한 눈은 늑대와 싸울 때만 빛났다.

아우우울!

격분에 찬 하울링이었다. 늑대는 기본적으로 분노를

가지고 있다. 공란에 체크를 해대면서 분노를 가할 대상을 찾는다. 목표가 정해지면 흡사 천재의 일필휘지를 감식하는 선자(仙子)라도 된다는 듯 놓아주지 않을 터였다.

그레이는 걷는 폭을 줄이면서 걸었다. 눈알만 획획 돌리면서. 양옆을 조심해야 했다. 뒤도 큰일이었다. 그는 낮은 휘파람으로 바람 소리를 흉내 냈다. 쇠갈고리처럼 들이닥치는 늑대의 발톱이 느껴진다. 물론 착각임을 안다. 하지만 예민한 감각이 발휘돼 위험을 감지한 건지도 모른다는 생각도 한다.

탕!

그는 일부러 한 방을 쐈다. 다이빙을 하며 어둠 속을 건너오는 늑대를 상상하면서 언제든 칼을 뽑을 태세를 했다. 멀리 있는 걸 쏘는 편이 나은 게 사실이지만 여차하면 후벼 파야 했다. 상처로 달려드는 추위 때문이 아니라도 부상은 금물이었다. 어디서 다른 개체들이 쫓아올지 모를 일이니까.

눈을 돌리면 어김없이 음지와 바람, 눈이다. 얼핏 지나치는 시선에서는 몸을 숨기는 늑대를 만나기도 한다. 시각의 속임수. 세상에는 속임수가 판을 친다. 달이 움직이는 쪽의 반대 방향으로 몸을 틀면서 거짓말을 해대는 자작나무들. 몰아치는 바람은 겨울 숲의 정경을 휩쓸면서 술수를 부린다. 늑대 울음으로, 여자아이의 흐느끼는 목소리로 그레이를 유혹한다.

그는 잠시 서서 입김을 하하 내뱉었다. 눈을 감고 긴장을 억눌렀다. 본능적으로 늑대의 소굴을 감지한다. 다 왔다는 생각에 노파가 생각났다. 늑대 떼는 언제고 오두막을 침입할 수 있었으나 여태 심연 속에 머물렀다. 전략일 수도 있다. 아니면 주위에 얻을 게 많을지도 모른다. 목장이 몇 개는 될까? 그레이는 모르지만 늑대는 알 것이다.

혼자 남겨질지 모를 치매 노인을 생각하며 그레이는 상념 깊은 미소를 지었다.

"늑대가 침대에 누운 노인도 습격할까? 바로 어제 일도 기억 못 할 사람인데?"

너무도 위험한 직업이기에 긴장 해소는 무엇보다 중요했다. 경험이 풍부한 만큼 겁이 많아지는 직업인 것도 사실이지만. 그들의 전술과 전략, 잔인성은 실로 어마 무시했다. 군대를 잃고 야성만 남은 드라큘라 영주를 보는 듯했다. 공포의 냄새를 맡는 영민함. 사이코패스. 이성을 무너트리는 똑똑한 미소.

늑대는 단단한 마음을 갉아먹는 법을 안다. 옛적부

터 달리는 차와 함께 뜀박질을 하는 이유가 거기에서 기인한다. 누가 먹잇감이고 누굴 살려 보낼지 바로 알아채고 이행한다. 곧 피범벅이 된 얼굴로 뼈를 오도독 씹는 것이다. 긴 주둥이로 창자를 들쑤시며, 멍청하고 나약한 인류에게 자신의 위치가 어디에 있는지 알게 한다.

우우우.

가깝다. 그레이는 사방을 훑었다. 눈에 띄는 건 없었지만 긴 총을 한쪽 어깨에 밀착했다. 조준경을 이용해 숨어 있는 늑대를 찾기 위해 기를 썼다. 뭐라도 보였으면 했다. 단단한 노끈이 배를 겁박해 미간을 살짝 찡그렸다. 그는 움직였고 걷다 멈추길 반복했다. 귀신 같은 나무 아래서 눈을 번뜩이고 있는 건 노파가 말했던 검은 늑대였다.

"너로군."

검은 늑대는 금방에라도 공격을 개시할 것처럼 등을 쳐들고 있었다. 순간 그레이는 자신이 어떤 모습으로 비칠지 궁금했다. 그가 띄엄띄엄 휘파람을 불었다.

"자극할 마음은 없다."

그는 온통 흰색의 옷을 입고 있었다. 얼굴에 있는 털들도 모조리 회색이었다. 회색 늑대처럼 보이지 않을까? 회색 늑대의 냄새를 맡지 않았을까? 하지만 뒤이은 검은 늑대의 행동은 예기치 못한 거였다. 마지 말을 건네듯 아가리를 몇 번 여닫더니 연신 돌아보며 조금씩 걸어갔다. 그레이는 차마 거부하지 못하고 따라갔다. 그렇게 도착한 곳은 황량한 공터였다. 타서 쓰러진 나무들이 목탄처럼 흩어진 죽음의 숲. 뼛조각들에 눈이 쌓여 있었다. 죽은 지 얼마 되지 않은 양도 박살이 난 채 이지러져 있었다.

순간 그는 속았다는 생각이 들었다. 검은 늑대가 으르렁거리면서 주둥이를 거의 눈 바닥에 처박고 있었다. 을씨년스런 설산의 정령인 듯한 검은 늑대의 인광이 황적색으로 빛발하며 인력을 끌어당기듯 그의 폐부까지 침범했다. 검은 늑대가 더 빨랐다. 그는 늦었다는 생각을 하면서도 방아쇠를 당기며 뒤로 벌러덩 넘어졌다.

깨개갱.

그는 눈만 크게 뜨고 하늘을 향해 헉헉거렸다. 늦고 말았지만 긁힌 데도 없었다. 총에 맞은 건 회색 늑대였다. 아주 큰 놈이었다. 대장이 틀림없었다. 그 정도면 어디에서도 대장질을 할 수 있을 정도로 무지막지한 놈이었다. 그 순간 다른 놈도 눈에 띄었다. 잔뜩 겁에 질려서 뒷걸음질 치면서도 으르렁대는 꼴이 그는 괘씸

했다. 뭣 때문에 자기 조직이 분산됐는지 짐작도 못 할 천치를 마주 대하며 자세를 고친 뒤 방아쇠를 당겼다.

탕!

적은 쓰러졌다. 고목이니 바람이니 하는 비유는 필요 없었다. 쓰러진 건 그냥 쓰러졌다였다. 그레이는 얼마간 양반다리로 앉아 숨만 쉬었다. 전력으로 300미터 정도를 내달린 듯 숨이 찼다. 냉담한 표정을 포기하고 평소엔 짓지 않던 험악한 얼굴이 될 수밖에 없는 것이다. 그가 야수들의 가죽을 벗기는 작업을 막 마무리 지으려 할 때, 검은 늑대가 다시 나타났다. 기웃기웃 낮은 자세로 와서는 늑대들의 냄새를 일일이 맡았다.

"이 옷, 자연 보호색이라고 혼자 웃을 때가 있었지. 내 수염하고 머리털……."

검은 늑대가 꼬리를 살랑 흔들었다. 긴 주둥이를 비틀 땐 송곳니를 드러냈다.

"에스키모인이 늑대를 잡을 때 어떻게 하는지 아는가? 짐승의 피가 묻은 언 칼날을 땅에 박아둔다. 곧 피냄새를 맡고 다가온 늑대가 얼음이 낀 칼날을 핥아대지. 얼음은 녹고 칼날이 드러나지만 피 냄새에 미친 늑대는 멈추지 않아. 이윽고 늑대의 혀에서도 피가 난다. 추위와 여태 핥은 얼음 탓에 혀가 마비된 그 짐승은 끝끝내 자신의 혀를 걸레로 만들고 말지. 아무리 핥아도 줄어들기는커녕 넘쳐나는 풍부함에 희열을 느낀다. 그리고 늑대는 얼마 안 가 눈을 피로 물들이며 얼어 죽는다.”

그는 사냥총을 검은 늑대에게 겨눴다.

“늑대는 다 죽었다. 양도 죽었고. 늑대 껍질도 다 벗겼다. 노파에게 가져다줄 거야. 내 말 무슨 뜻인지 알 거다. 네 정체……!”

순간 탕하는 격발음과 함께 그는 엉덩방아를 찧고 말았다. 갑자기 달려든 검은 늑대는 그의 가슴에 박치기를 했다. 뒤로 내빼야 했지만 감쪽같이 사라지고 만 검은 늑대 때문이라도 각혈하는 데 시간을 할애했다. 고통 탓에 눈물이 핑 돌았다. 검은 늑대는 아무 데도 없었고 영영 돌아오지 않을 거란 걸 알았다. 검은 늑대는 그의 내부에 있었다.

“인간 세상에서 나는 여자를 죽였다. 나는 반건달에 쓰레기 같은 놈이었는데, 몸을 팔아 내 몸을 데우는 여자를 하나 갖고 있었지. 어느 날인가 좋은 사람이 생겼다고 하더군. 놓아달랬어. 네가 죽으면 그럴 거라고 해 줬지. 며칠 안 가 목맨 여자를 발견했다. 왜인지 웃음이 났고, 더 살 방법이 없는 거 같아서 여자를 끌어내리고 그 올가미에 나도 목을 집어넣었다. 나는 여자를 죽였고 나도 죽였다. 그리고 늑대의 아들로 태어났다."

그레이는 쏟아지는 눈을 맞으면서 눈물을 흘렸다. 가슴팍에서 피가 달궈지며 온기가 아침 안개처럼 번졌다. 하울링이었다. 몸이 뜨거워지는 것도 같았고 얼음 호수에 빠진 듯 얼어붙는 것도 같았다. 그는 마스크를 있는 대로 내리고 밤하늘을 향해 울부짖었다. 별이 안광처럼 빛났다. 늑대는 하늘에도 있었다. 그를 보고 있었다. 쭉 지켜보면서 인도하고 있었다. 그게 어딘지는 가슴만이 안다. 검은 늑대가 새근새근 잠을 청했다. 그는 수첩을 꺼내 적기 시작했다.

작가의 말

　누구나 그렇지만 지나오면서 많은 이야기를 접합니다. 그 중엔 가슴을 아프게 하는 사연들이 존재하고 그저 사연인 채로 끝나는 일이 많습니다. 우연히 접한 사연이 이 소설을 쓰게 된 계기인데 세상에는 분명한 악인이 있고, 마치 한 마리의 늑대처럼 양들을 사냥하기 위해 돌아다니고 있습니다. 늑대에게 물려간 양은 죽지만, 그것은 침묵하지 않습니다. 그런 생각을 가지며 쓴 글입니다.

엄마의 광대

김은선

대학에서 극작을 전공했으며 『이달의 장르소설 8』에서 독자와 처음 만나게 되었다.

'준비는 기회를 준다'는 좌우명을 가지고 꾸준히 노력하는 자세로 글쓰기에 임하고 있다. 출간을 목표로 한 장편소설 집필에 집중하고 있으며, 언젠가 찾아올 기회를 만나기 위해 방송드라마 대본 작업도 틈틈이 하고 있다. 삶의 입체적인 이야기를 쓰고자 한다.

팔이 비정상적으로 기다란 원숭이 한 마리가 이 나무에서 저 나무로 공중그네를 타듯이 가볍게 올라탄다. 괴상한 소리를 내며 꺅꺅거리고 큼지막한 이빨과 잇몸을 드러낸 채, 사방을 주시한다. 가벼운 엉덩이를 들썩이며 동네 마실 다니는 아낙네 모양 어느 무리에도 속하지 못하고 배회하는 원숭이 한 마리가 있다. 그 원숭이의 눈빛은 영혼이 탈탈 털린 듯 초점이 없다.

* * *

그녀가 세 들어 사는 옥인동 2층짜리 낡은 단독주택 마당에는 대추나무 한 그루가 서 있다. 작년에 집을 나오면서 급하게 알아본 집이었다. 집을 보러 이곳에 들렀을 때, 대추나무 가지마다 축 늘어질 정도로 탐스러운 대추가 알알이 익어가고 있었다. 올해도 가지가 부러질 듯 열매를 맺은 걸 보니 어느새 1년이 흐른 모양이다.

그녀는 인왕산을 뒷산으로 두고 있는 이 집의 주인인 마음씨 좋은 노부부의 푸근함이 좋았다. 복덕방 주인은 집주인 부부가 팔십이 가까운데도 정정하고, 몇 이나 되는 자식들은 모두 외국에 살아서 집에 드나드는 사람이 없어 조용하고 살기 좋다며 물어보지도 않은 이야기들을 수다스럽게 떠들어댔었다. 가진 돈이 많지 않아 세가 가장 싼 집으로 보여달라고 하자 복덕방 주인이 그녀를 이 집으로 데려왔다. 2층 전체를 혼자 쓰는데도 세가 저렴했다. 아마도 집이 낡고 수리가 되지 않았기 때문일 터였다.

집 상태는 별로 중요하지 않았다. 그저 엄마 집을 나와 비 맞지 않고 있을 곳이면 어디든 괜찮다고 그녀는 생각했다. 이미 가방을 싸 들고 방을 보러 다니던 그녀가 집을 본 그날 계약하고 바로 들어오겠다고 하자 검은 뿔테 안경을 쓴 집주인 할아버지가 콧등에 걸친 안경테 위로 그녀를 가만히 쳐다봤다. 무척이나 피곤해 보이는 얼굴이 핏기 하나 없이 창백했다. 복덕방 주인이 어색한 침묵을 깼다.

"아가씨, 아무리 그래도 오늘 당장은 좀 힘들죠. 청소도 좀 하고 그러고 들어와야지. 그렇지 않습니까, 어르신. 하하하."

억지 웃음소리로 난감한 상황을 어물쩍 넘기려는 복덕방 주인의 어깨를 할아버지가 툭툭 쳤다.

"잠깐 기다려 봐요."

할아버지는 2층 난간을 잡고 조심조심 계단을 내려가 현관문을 열고 소리쳤다.

"여보, 내 겉옷 좀 줘요. 집 보러 온 아가씨가 오늘 바로 들어온다고 하니까, 복덕방에 가서 계약하고 올 동안 당신이 올라가서 청소 좀 해요."

"번갯불에 콩 구워 먹는 것도 아니고 오늘 당장요?"

아래층에서 할아버지가 하는 말을 듣고 복덕방 주인이 눈치껏 그녀를 데리고 내려왔다. 검은 머리칼이 적당히 섞인 은발의 할머니가 할아버지의 외투를 건네며 밖을 내다봤다. 그녀는 서로 존댓말을 쓰는 노부부의 모습이 낯설었지만, 서로를 위하는 다정한 말투가 느껴져 마음이 차분해졌다. 복덕방 주인이 할머니를 보자 꾸벅 인사를 했다. 할머니는 고갯짓으로 인사를 대신하고 다저녁때 무슨 일이냐면서 호들갑을 떨었다.

"갑시다."

갈색 체크 잠바의 지퍼를 목까지 단정하게 올려 입은 할아버지가 대문을 열고 앞서 나갔다. 그녀와 복덕방 주인은 할아버지의 뒤를 따라 나갔고 할머니는 손에 걸레를 들고 대문 밖을 빼꼼히 내다보면서 중얼거렸다.

"젊은 아가씨 얼굴이 왜 저리 안됐을꼬."

그녀는 미지근해진 방바닥에 주저앉았다. 오랫동안 비어 있었는지 휑한 느낌에 한기가 도는 거 같았다. 천장 전등이 깜빡거렸지만 아주 꺼지지는 않아 견딜 만했다. 눈을 감고 있으면 깜빡이는 전등은 문제 될 게 없었다. 벽에 기대 눈을 감고 있는데 누군가 문을 두들겼다. 집주인 부부였다.

"아니, 말이야. 이 사람이 그러는데 전등이 하나 깜빡인다고 해서 갈아주려고 사 왔지."

할아버지는 큼지막한 이불 한 채와 꽃무늬 베개를 품에 안고 있었다.

"그리고 아가씨, 이거 저녁에 간단히 요기라도 하는 게 좋을 것 같아서. 여기는 해 지면 골목이 어두워서 아가씨가 뭐 사러 나다니기에는 좀 위험해."

할머니 손에는 쟁반이 들려 있었다. 김이 나는 밥과 된장국, 마른반찬 몇 가지와 전구 상자가 쟁반에 놓여 있었다. 그녀는 할머니가 내미는 쟁반을 얼른 받았다.

"아, 감사합니다. 들어오세요."

"내가 급하게 치운다고 치웠는데도 워낙 오래 비워 둔 데라 태가 잘 안나. 그래도 바닥에 불은 잘 들어오는 모양이네.”

슬리퍼에 맨발 차림이었던 할머니가 방바닥 여기저기를 밟아보고 다녔다. 할아버지는 품에 안고 있던 이불을 바닥에 내려놓고 거실 전구를 갈았다. 깜빡거리던 전등이 제정신이 들어 환한 빛을 냈다.

“이제 다 됐네. 아가씨 그만 쉬게 우리는 내려갑시다, 여보.”

“혹시 필요한 거 있으면 언제든지 아래층으로 내려와서 문 두들겨요. 노인네들이라 잠이 별로 없어. 요기하고 푹 자요.”

할머니의 말끝에 따라붙는 넉넉한 미소가 무척 기품 있어 보였다. 할아버지가 계단 난간을 잡고 할머니를 부축해 내려가는 뒷모습이 그녀의 긴장된 몸과 마음을 풀어줬다. 그녀는 시리도록 하얀빛을 내뿜는 전등을 올려다보며 한참 동안 눈을 끔뻑거렸다.

* * *

대추는 단단한 연둣빛 과육에 붉은빛 도는 갈색 무늬가 스며들기 시작할 때가 가장 아삭하고 달큼한 맛을 낸다. 그녀는 이맘때의 대추를 가장 좋아했다. 완전히 익어 쭈글쭈글해진 대추보다 덜 익은 대추를 깨물어 입속에서 오래도록 씹으면 은은히게 기분 좋은 단맛이 올라왔다. 작년에 이어 올해도 가지마다 탐스럽게 열매를 맺어내는 대추나무가 그녀는 참 기특했다. 마당에 오롯이 서서 매년 제 할 일을 해냈을 텐데 그녀 자신은 이제 겨우 걸음마에 발을 떼고 있는 것 같아 부끄러웠다. 가장 맛있어 보이는 대추를 하나 따서 바지에 쓱쓱 닦아 입으로 넣었다. 오물거리며 씹고 있는데 할머니가 파자마 바람으로 문을 열고 나왔다.

"안녕히 주무셨어요."

"일찍 일어났네. 아가씨가 참 부지런해."

"대추가 올해도 참 많이 열렸어요. 맛있어요."

"맛있지? 그 대추나무가 역사가 있는 나무야. 이 집 지어서 들어올 때 심은 나무거든. 대추가 화목하게 살라는 뜻이 있대. 그래서 우리 집 양반이 심었는데 매년 실하게 열매를 맺어."

노부부는 지난 1년 동안, 짐가방 하나만 들고 들어온 그녀에게 구구절절 가진 사연을 묻지 않았다. 이름조차도 묻지 않고 아가씨라고만 불렀다. 1년 가까이 바깥출입도 거의 하지 않고 집 안에만 틀어박혀 있는 사정이 궁금할 법도 할 텐데 일절 묻지 않았다. 그저 이따금 간식거리나 반찬을 들여놔주며 들러볼 뿐이었다. 사실 물어봤다 한들 딱히 적당한 답을 찾지 못했을 것이다.

"할아버지는 어디 가셨어요?"

"그 양반은 매일 아침 인왕산에 가. 지금쯤이면 한 바퀴 돌고 단골 카페에 가서 커피 마시고 있겠네. 이따가 점심에 묵은지로 부침개 할 건데 내려와서 같이 먹어."

"아니에요. 오늘은 약속이 있어요."

생대추를 오물거리며 싱그러운 웃음을 짓던 얼굴이 무겁게 가라앉았다. 할머니는 그녀의 얼굴을 물끄러미 쳐다보다가 고개를 들어 하늘을 가리켰다.

"저 하늘 봐. 오늘 참 맑고 깨끗하지. 인생 별거 없어. 비가 왔다가 흐리다가 맑은 날도 있고 그러지 뭐."

할머니는 입가의 잔주름이 만들어낸 넉넉한 미소와 함께 삶의 고단함이 묻어나는 손으로 그녀의 등을 가만히 토닥였다.

그녀는 1년 전, 엄마와 살던 집을 도망치듯 나왔다. 생애 첫 독립을 가장한 서른 살의 가출이었다. 엄마와의 연결고리를 극단적으로 끊어내고 싶었기 때문이다. 그래야 살 수 있을 것 같았다. 헛껍데기였던 몸뚱이만 겨우 데리고 나왔다. 그리고 이 대추나무 집에서, 아직 채 자라지 못한 어린 그녀를 보듬었다. 그저 온종일 밀려드는 잠을 자고, 간간이 텅 빈 것 같은 뱃속에 음식물을 채워 넣기도 하고, 그러다 툭 떨어지는 눈물이 마를 때까지 두기도 했다.

누운 상태로 천장이 무너지면, 바닥이 꺼져 그대로 몸뚱이가 스러지면, 형체가 남지 않은 연기가 되어 홀연히 공중으로 흩어지면 좋겠다는 생각을 그녀는 자주 했다. 정체를 알 수 없는 습한 기운이 그녀를 옭아매면 그 이상하고 서늘한 느낌이 붉은 혈관을 타고 들어가 온몸의 구석구석을 바싹 말렸다. 숨통을 끊어낼 것처럼, 무언가 발끝부터 목덜미까지 밀고 올라오는 그 순간이 치달을 때면 몸서리가 났다.

그럴 때면 그녀는 볕이 드는 창가에 웅크리고 앉아 있기를 반복했다. 햇빛이 식물의 싹을 틔워내듯 그녀도 볕을 쬐면 습한 기운에 질척이고 있는 몸뚱이에 연하고 싱그러운 잎을 틔워낼 몽우리를 움틀 수 있을까. 그렇게 웅크리고 있으면 노부부의 두런거리는 소리가 그녀의 귓바퀴에 맴돌았다. 저녁 찬거리부터 자식과 손주들의 근황, 자잘한 집안의 대소사 등 남다른 것 없는 일상의 담소들이다. 가만가만 다정하고 따뜻함이 묻어나는 부드러운 말씨와 서로를 존대하는 노부부의 대화는 그녀의 고통스러운 몸부림을 잦아들게 했다.

외출 준비를 마치고 방 안을 빙 둘러봤다. 단출한 살림이지만 가방 하나 들고 들어온 것에 비하면 짐이 많이 늘었다. 현관문을 열고 밖으로 나와 계단을 내려가려고 발을 내딛다 멈췄다. 그대로 계단에 앉아 아래를 내려다봤다. 계단 한 층마다 양 끝에 샛노란 국화 화분이 아래까지 줄지어 놓여 있었다. 할아버지는 그녀가 이 집에 들어온 뒤로 철마다 식물의 종류를 바꿔가며 밋밋했던 계단을 화분으로 꾸며놓았다. 그녀는 이 계단을 오르내릴 때마다 환대받는 느낌이 들었다. 국화의 노란 꽃잎이 쏟아지는 햇빛을 받아 더 화사했다. 가만히 국화 꽃잎을 손으로 쓰다듬었다. 이제는 웅크렸던 몸을 일으켜 세울 때가 됐다. 그녀는 아랫입술을 꽉 깨물고 다리에 힘을 주어 일어섰다.

* * *

그리 높지도 낮지도 않은 톤으로 말해도 상대가 알아들을 수 있으면서 주위의 적당한 환기가 감정 조절을 해줄 수 있을 만한, 집이 아닌 조용한 다른 장소가 필요했다. 시장 바닥 같은 카페보다는 찻집이 나을 것

엄마의 광대

같았다. 골목 사이를 부지런히 걸어 찻집에 도착했다. 인왕산 자락을 산책하면서 종종 들러 갓 내린 차를 앞에 두고 짧지 않은 시간을 죽이며 머무르던 곳이었다. 은은하게 풍기는 보이차 맛이 속을 편안하게 했고 머릿속을 헤집는 소음이 없는 곳이어서 좋았다. 일시를 정해 서촌에 있는 조용한 이 찻집의 주소를 만나자는 짤막한 메시지와 함께 엊그제 엄마에게 보냈었다. 엄마에게서는 답장이 없었다.

반짝이는 햇빛이 부서져 내리는 구석진 창가로 자리를 잡았다. 찻집의 출입문이 보이지 않아 드나드는 이를 볼 수 없어 시선이 분산되지 않고 대화를 이어가기에 좋을 것이다. 보이차와 다식을 주문해 차를 한 모금 마셨다. 감정의 파고를 일정하게 유지하려고 호흡을 깊숙이 들이마셨다 내쉬기를 반복했다. 삿갓 모양의 다기 잔에 담긴 짙은 갈색 찻물이 시선을 잡아끌었다. 다시금 한 모금 넘기려 잔을 드는데 저쪽에 서 있는 엄마와 눈이 마주쳤다. 무표정한 얼굴로 미간을 찌푸린 채 멀찍이서 나를 쏘아보고 있었다. 나는 자리에서 일어났다.

엄마는 불편한 기색을 온몸으로 내뿜으며 성큼성큼 걸어와 맞은편 자리에 털썩 앉았다. 엄마의 잔에 차를 따라주고 시선을 옮겨 엄마의 얼굴을 봤다. 엄마는 내 시선을 피했다. 1년 전보다 살은 좀 빠진 듯했지만 건강해 보였고, 입술을 앞으로 쭉 내민 채로 콧숨을 거칠게 내쉬는 모양새가 치밀어 오르는 화를 애써 누르고 있는 거 같았다. 갑자기 집을 나가 연락을 끊어버린 딸년이 느닷없이 만나자 연락을 해오니 괘씸한 생각이 들었겠다 싶어 엄마의 입장도 미루어 짐작이 갔다. 구태여 말을 시작하게 하고 싶지 않았다. 엄마의 마음이 조금 누그러질 시간이 필요했다. 찻집의 잔소음만 맴돌 뿐 생각보다 그리 길지 않은 침묵이 이어졌다.

"뭐가 불만이야?"

못내 답답한지 성격 급한 엄마가 먼저 입을 열었다. 굵고 진한 쌍꺼풀이 무섭게 치켜뜬 엄마의 서슬 퍼런 눈빛을 더 도드라지게 만들었다. 앙칼진 목소리로 감히 말대꾸란 있을 수 없다는 압도적인 인상을 주는 말머리, 엄마는 늘 이렇게 시작했다. 예상했던 첫마디였다. 익숙하면서도 변함없는 엄마가 못내 야속하다는 생각이 잠깐 들었지만 이내 스멀거리고 올라오는 어설픈 감정 따위를 끊어냈다.

"불만 없어."

일절 동요 없는 차분한 말투로 말을 내뱉고 차를 삼

켜 갑갑해진 목구멍을 씻어내렸다. 엄마는 고개를 휙 돌려 눈을 더 크게 치켜뜨고 나를 쳐다봤다.

"그런데 가타부타 말도 없이 집을 나가서 1년 만에 전화도 아니고 문자만 딱 보내?"

오랜만에 만난 딸의 안부보다는 연락을 취한 방식을 문제 삼는 엄마의 말에 체념을 품은 탄식이 나지막이 새어 나왔다.

"난 엄마의 그 말투가 싫어. 내가 하는 말, 행동, 생각, 감정까지도 모두 잘못된 걸로 만드는 그 말투."

"뭐?"

엄마는 차마 입을 다물지도 못하고 어정쩡하게 연 채로 위아래 어금니만 딱딱 부딪혔다. 팽팽히 치켜뜨고 있던 엄마의 눈이 갈 길을 잃고 있었다. 나는 그런 엄마를 빤히 쳐다봤다. 엄마는 후, 하고 신음을 뱉고는 입술을 옴짝거렸다. 무슨 말인가를 더 이어가려는 거 같았는데 쉽게 나오지 않는 듯했다. 꿀꺽 침을 삼키더니 엄마는 안 해도 될 마른기침을 두어 번 쿨룩댔다.

"원숭이가 있어. 아주 팔이 긴."

갑자기 무슨 생뚱맞은 소리냐는 듯 갈 길을 잃어가던 눈동자를 다시금 나에게로 돌렸다. 나는 말을 계속 이어나갔다.

"긴 팔을 이용해서 이 나무에서 저 나무로 옮겨 다니면서 같은 무리의 이쪽 나무 원숭이에게 들은 말을 저쪽 나무 원숭이에게 말해. 왜곡된 사실을 조금씩 덧붙여서. 그리고는 좋은 게 좋은 거라면서 더 이상 반항하지 못하도록 체념하게 만들어."

"대체 무슨 말을 하는 거야. 애가 갑자기 웬 원숭이 타령이야."

날카로운 말투와 대비되는 둘 곳 없는 눈빛이 엄마의 내적 당혹감을 두드러지게 했다.

"그 원숭이한테는 지배자가 있었어. 검은 그림자를 가진 지배자가 원숭이의 심리를 조종해서 자신이 원하는 모든 걸 하게 만들어. 그런데 안타깝게도 그 원숭이도, 그 지배자도 그 사실을 모른다는 거야. 피해자도 가해자도 불행한 삶을 살게 되지."

엄마가 내 말끝을 잡아 무슨 말을 다시 시작하려고 했는데 내가 앞서 엄마의 말을 덮었다.

"그 원숭이가 나였어."

무슨 대단한 선언이라도 하듯 힘주어 말을 내뱉고 차호에 물을 부어 차를 우려내 다시 잔에 따랐다. 엄마는 더 이상 말을 잇지 못하고 내 움직임에 따라 시선을 부산스럽게 옮겼다. 김이 나는 차를 한 모금 삼켜 다시금 목구멍을 씻어냈다. 찻물이 막힘없이 쑥 밀려 내려가 가슴 언저리를 뜨끈하게 데웠다. 마디가 굵은 엄마의 손가락이 찻잔을 움켜쥘 듯 말 듯 배회하고 있었다.

"말을 알아듣게 해."

엄마는 당황한 티를 내지 않으려는 듯 평소보다 더 앙칼진 목소리로 난데없이 성을 냈다. 상대의 말에 담긴 감정 따위는 가볍게 무시하고 넘어가는 엄마의 발화 방식 중 하나였다. 팽팽한 줄이 곧 끊어질 듯한 긴장감과 성대를 거칠게 긁어 눌러 내는 목소리 톤이 섞여 굉장히 묘한 위압감을 만든다. 새삼스러울 게 없었다. 엄마가 여태껏 그래왔던 것처럼, 고분고분하고 얌전한 딸이었던 내 말대꾸를 단번에 제압하고 느닷없이 원숭이를 들먹이는 정신이상자 같은 궤변 따위를 내뱉지 않게 하려는 약간의 의도를 드러내고 있음을 나는 알고 있었다.

가슴이 불규칙하게 널뛰기 시작하는 걸 느꼈다. 손끝과 발끝으로 기운이 아주 빠른 속도로 빠져나가고 있었다. 무엇인가 해야 했다. 그대로 두면 나는 또다시 빈껍데기가 되고 말 것이다. 숨을 아주 천천히, 그리고 깊게 들이마셨다가 아주 길게 내뱉었다. 내 반응을 살피려는 엄마의 시선을 의식하며 최대한 자연스럽게 긴

김은선

호흡을 여러 번 반복했다. 제멋대로 널뛰던 가슴팍은 제자리를 찾아가고 있었다. 긴 숨을 토해내고 입술이 비틀어질 정도로 어금니를 앙다물었다.

"난 엄마가 변할 거라고 기대하지 않아. 한때는 그 기대가 나를 움직이게 했는데 이제는 알았어. 그게 내 인생을 갉아먹고 있었다는 거. 그래서 서른이 다 되도록 엄마의 광대처럼 살았던 거야. 아무리 채우려고 노력해도 절대 채울 수 없는 엄마의 공허함을 메우는 데 엄마는 자식이라는 이유로 아무렇지 않게 나를 끌어들였잖아. 조금만 더, 조금만 더 참고 노력하면 채울 수 있을 거라는 생각에 어리석게도 내 모든 감정을 나 자신조차 외면했어. 난 그저 엄마의 따뜻한 말 한마디가 필요했을 뿐인데. 그것조차도 엄마에겐 과한 요구였다는 걸 깨달았어. 엄마는 엄마의 생각과 감정만 중요한 사람이거든. 잘 키웠든 못 키웠든 난 할 만큼 했다고 엄마가 말했던 것처럼, 서른 살까지의 나도 내 삶을 모두 갈아 넣어서 엄마의 딸 역할을 살아냈으니까 그걸로 나도 최선을 다했다고 생각해."

수백 번씩 마음속으로 주문처럼 외웠던 말을 무섭도록 가만하게 늘어놓았다. 살짝 떨리던 목소리가 점점 차분해져 '최선'이라는 마지막 말에 더 무게감이 실렸다. 엄마의 감정을 여과 없이 수용하는 과정이 익숙한 나는, 이런 말을 입 밖으로 꺼내기까지 참 오랜 시간과 연습이 필요했다.

깊은 침묵이 흘렀다. 굳이 엄마의 얼굴을 보고 싶지 않았다. 엄마의 기분을 살피기 위해 표정을 읽어내려고 애쓰던 그 지긋지긋하고 고통스러운 작업을 다시 하고 싶지 않았기 때문이다. 고개를 돌려 창밖으로 시선을 뒀다. 느긋한 햇살이 긴 여운을 남기며 창을 투과해 내 얼굴을 덮었다. 눈을 감았다. 감은 두 눈두덩이가 붉다.

'내 과거를 바꿀 순 없어. 나는 그저 더 이상 여기저기 날아다니는 원숭이가 되고 싶지 않을 뿐이야.'

힘껏 눈을 떴다. 눈앞이 까맣다가 다시 밝아졌다. 고개를 돌려 엄마를 봤다. 엄마는 입을 꾹 다문 채 한마디도 하지 않았다. 무슨 건방진 소리를 하냐거나 엄마에 대한 오해가 있다거나 호통이나 변명을 할 법도 한데 더 이상의 대화는 이어지지 않은 채, 긴 침묵으로 끝을 맺었다.

엄마는 돌아갔고 나는 찻집에 남았다. 정수리 위에서 빛나던 해가 어느새 넘어가고 있었다. 배에서 꼬르륵 소리가 났다. 배 한가운데에 커다란 구멍이 생긴 거 같왔다. 허기인지 공허함인지 모를 크기였다. 손도 대지 않은 다식이 눈에 들어왔다. 노란 단호박 다식을 집어 입속에 넣었다. 달콤하고 고소한 맛이 혀끝을 감쌌다.

* * *

그녀는 찻집에서 나와 어둑해진 서촌의 골목길을 천천히 걸었다. 찻집의 로고가 박힌 작은 종이가방을 앞으로 뒤로 휘저으며 걷고 또 걸었다. 바닥만 보고 걷다가 마주 오는 사람과 부딪힐 뻔했지만, 그녀는 시선을 바닥에서 거두지 못했다. 엄마를 만나서 1년 동안 벼르던 말을 하고 나면 속이 시원할 줄 알았는데, 땀에 절어 쉰내 나는 옷을 입은 듯 찜찜하게 느껴졌다. 대추나무 집으로 가려면 횡단보도를 건너야 했다.

무심코 지나치려는데 어디선가 여자아이의 울음소리가 들렸다. 그녀는 걸음을 멈추고 고개를 들어 주위를 두리번거렸다. 신호등의 녹색 불빛을 따라 길을 건너는 엄마와 딸의 모습이 보였다. 그녀는 얼마 지나치지 않은 길을 재빨리 되돌아 길을 건넜다.

"엄마아. 손잡아줘. 으으으…… 손……, 손……."

"그럼 울지 말고 뚝 그쳐. 눈물 닦고. 안 그럼 안 잡아 줄 거야."

일곱 살이나 됐을까. 눈물 콧물이 범벅이 된 채로 주머니에 손을 푹 찔러 넣고 앞서 걷는 엄마를 쫓아가느라 아이의 울음소리는 더 커졌다. 걷는 방향이 그녀와 같았다.

"그만 울라니까. 언제까지 징징대고 울 거야?"

"아아앙…… 이잉……. 엄마, 손, 손잡아!"

"으이구, 이리 와. 여자애가 얼굴이 이게 뭐야."

엄마의 손을 잡자 억지로 마른 울음을 짜내던 아이가 뚝 그쳤다. 그리곤 옆 골목으로 빠져 걷는 모습을 그녀는 한참 보다가 골목 끝으로 모녀의 모습이 사라진 뒤에야 다시 걸음을 옮겼다. 그녀의 시선이 모녀를 쫓았던 이유를 알 거 같았다. 어린 그녀도 그 아이처럼 울면서 엄마한테 손을 잡아달라 한 적이 있었다. 그녀의 엄마는 끝까지 손을 내주지 않았다. 그녀는 그 모습이 겹쳐 보여 마음 한구석이 아렸을 것이다.

'엄마는 진짜 너무했지. 엄마 손에 닿는 살갗의 느낌이 고팠던 것뿐인데. 어린애가 그렇게 울어대는데 거들떠보지도 않았어.'

그녀는 쓸쓸한 느낌을 못내 지울 수 없었다. 그녀의 무의식 저편에서 알 수 없는 감정을 뒤흔들며 웅크리

김은선

고 있는 무언가의 정체를 알기까지는 꽤 오랜 시간이 걸릴 거 같았다.

발걸음을 재촉했다. 얼굴을 스치는 바람은 아직 열기를 품고 있는데 그녀의 온몸을 휘감는 한기는 대추나무 집의 온기를 절실히 원하고 있었다.

"아가씨, 이제 와요? 날 어두워지면 골목길이 좀 무서워. 얼른 와요."

할아버지가 계단마다 올려둔 화분 물주기를 막 끝내고 돌아서며 대문을 열고 들어오는 그녀를 맞았다. 계단을 타고 흘러내린 물이 그녀의 발밑을 적셨다. 아침보다 꽃 몽우리가 더 피어난 듯 탐스러워진 국화 향기가 코밑을 스쳤다.

"다식이에요. 할머니랑 같이 드세요."

그녀는 노부부의 몫으로 따로 포장해온 종이봉투를 내밀었다.

"저녁은 먹었나? 집에 들어가서 차 한잔하고 올라가요."

할아버지는 그녀가 내민 꾸러미를 받는 대신 현관문을 열고 손짓하고는 안에 대고 소리쳤다.

"여보, 2층 아가씨 차 한잔 대접하게 준비해요."

그녀는 잠시 머뭇거렸다. 몰려오는 피로감으로 기진맥진해진 몸과 시끄러운 머릿속을 쉬게 하고 싶었다. 거절하려는 찰나에, 아침에 입고 있던 꽃무늬 파자마 바람의 할머니가 며칠 만에라도 본 듯이 반가워하는 얼굴을 내밀었다.

"아이구, 이제 와? 얼른 들어와. 얼른."

차마 입을 떼지 못하고 활짝 열린 문 안으로 발을 들였다. 일전에도 몇 번 저녁을 먹으러 온 적이 있어 낯설지는 않았다. 그녀는 손에 들고 있던 걸 식탁 위에 올려놨다. 노부부의 거실에는 푹신한 소파 대신 다구가 놓인 기다란 차탁이 자리하고 있었다.

"저쪽에 편하게 앉아. 마침 작년에 담가놓은 대추차가 맛이 들었어. 안 그래도 들어오면 병에 덜어서 올려다 줄까 했는데 잘됐네. 맛보고 이따가 가지고 올라가."

그녀가 주춤거리며 서 있자 할머니가 한쪽 눈을 깜빡거리며 할아버지에게 눈짓했다. 할아버지는 먼저 자리에 앉아 전기포트에 물을 부어 스위치를 켰다. 그녀도 자리를 잡고 앉았다. 거실 바닥이 뜨듯했다. 애써 곧추세우고 있던 몸의 신경 세포들이 한순간에 탁 풀리는 거 같았다. 할머니는 외국에 산다는 자식이라도 들른 듯 신나 보였다. 가볍게 몸을 놀리며 찻잔과 주전부리를 챙겨내왔다. 전기포트의 물이 바글바글 끓는 소리가 거실을 메우자 그녀는 다시 주위를 둘러봤다. 그새 책이 더 많아진 거 같았다. 노부부의 집에는 책이 많았다. 거실 한쪽 벽을 채운 책장의 공간도 모자라 바닥에 쌓아둔 책들도 꽤 됐다. 그래서인지 여느 집과 다르게 책방과 찻집의 공기가 물씬 풍겼다.

찻물을 끓여낸 전기포트가 삑삑 소리를 내자 할머니가 설탕에 재운 붉은 대추와 생강이 담긴 찻잔에 물을 부어 할아버지와 그녀 앞으로 밀어냈다.

"마셔봐. 작년에 따서 만들어 놓은 거야. 생강도 썰어 넣어서 찬 바람 불 때 마시면 뜨끈하고 아주 좋아."

생대추와는 다르게 깊고 묵직하게 올라오는 대추 향이 쌉싸름한 생강과 조화를 잘 이뤘다.

"벌써 1년이 됐나?"

자리에 앉아 무언가 골똘히 생각하는 듯 내내 입을 다물고 있던 할아버지가 그녀의 얼굴로 시선을 옮기며 잔잔한 침묵을 깼다. 그녀는 입꼬리 끝만 살짝 움직인 미소로 대답을 대신했다. 지난 시간 동안 아무것도 묻지 않았던 노부부의 질문이 이제 시작되려나 짐작했다.

"작년에 대추 매달릴 때 아가씨가 왔었는데 올해 영근 거 보니 작년 이맘때가 맞는가 보네요."

157
엄마의 광대

할머니가 그녀의 대답을 대신하곤 탁자 끝에 놓인 작은 액자를 턱 끝으로 가리켰다.

"저 아이도 붉은 물이 들기 전 연초록빛 나는 생대추를 좋아했어. 아가씨처럼."

그녀 또래로 보이는 짧은 단발의 아가씨가 작은 액자 안에서 웃고 있었다. 딸일까, 손녀일까 그녀는 궁금했다. 언제나 옅은 미소를 띠던 할머니의 얼굴이 금세 어두워졌다. 노부부는 말없이 연거푸 차를 마셨다.

"막내딸이야. 뭐가 그리 급한지 혼자 내뺐어."

자식을 먼저 앞세웠다는 할머니의 목소리에는 감히 형언할 수 없는 고통의 무게로 점철된 지난날이 담담히 녹아 있었다. 그녀는 적당히 할 말을 찾지 못해 찻잔 속에서 동동 맴돌고 있는 잣알에 시선을 두고 고개를 숙였다. 아내가 툭 내뱉은 말을 듣고 있던 할아버지는 마시던 차를 한 번 더 들이켜고 천천히 찻잔을 내려놨다.

"처음 우리 집에 온 날, 아가씨 얼굴에서 저 아이의 마지막 모습을 봤어요. 그래서……."

말끝을 흐린 할아버지는 깊은숨을 토해냈다. 가느다랗게 떨리는 목소리와 흐린 말끝이 우연한 사고가 아닐 수 있겠다는 생각이 들게끔 했다. 할머니는 그런 남편의 모습을 보며 애써 웃어 보이려 했다.

"그래서 이 양반이 아가씨를 집으로 들인 모양이야. 혹시나 그대로 보냈다가 걱정스러운 일이 생길까 싶어 그랬다고."

언제든 미련 없이 꺼내 쓸 마지막 카드로 날을 세우고 있었던 그 순간이 누군가에게 읽혔다는 사실에 그녀는 놀랐다. 그리고 곧 그 카드를 지난 1년 동안 한 번도 꺼내지 않았다는 사실을 깨달았다. 아무에게도 내보이고 싶지 않았던, 혼자 꽁꽁 싸매고 있었던 속내가 까발려진 그녀는 가슴속에서 열꽃이 피어오르는 걸 느꼈다. 그 열꽃은 삽시간에 몸속의 혈관을 타고 번져나갔다. 정수리까지 올라온 열꽃은 고개 숙인 그녀의 눈에서 눈물을 떨궜다.

"허무해. 그렇게 가면."

먼저 간 자식에게 하는 말인 듯 그녀를 다독이는 말인 듯 모를 혼잣말을 할머니는 평온하고 낮은 목소리로 중얼거렸다.

* * *

그녀는 밤새 몸을 뒤척였다. 알 수 없는 감정들이 높

은 파고를 오르내리면서 그녀의 몸을 휘감고 있었기 때문이다. 어슴푸레하게 밝아오는 기운이 커튼을 젖혀 둔 창을 투과해 방안 깊숙이 파고들었다. 그녀는 끝내 일어나 앉았다. 대충 겉옷을 걸치고 집을 나왔다. 아직 어둠이 채 걷히지 않은 초가을 새벽녘의 찬 기운이 코끝을 얼얼하게 했다. 인왕산 둘레길로 접어들어 무작정 걸었다.

그녀의 숨이 점점 가빠지기 시작했다. 그녀는 걸음의 속도를 계속 올렸다. 그러다 무릎을 배꼽 언저리까지 올려 뛰기 시작했다. 심장의 펌프질이 최고 속도로 오르면 늘 묵직하게 가슴팍을 누르고 있는 덩어리가 밀려 나오지 않을까 생각했다. 목구멍을 긁어대며 올라오는 비릿하고 거친 호흡으로 그 덩이를 그녀는 제발 토해내고 싶었다. 얼굴이 벌겋게 달아오르고 땀구멍을 뚫고 나온 뜨거운 이슬이 그녀의 이마와 콧등에 맺혔다.

그녀는 속도를 늦추고 금방이라도 터트릴 것처럼 세차게 몰아치던 펌프질을 멈췄다. 남은 숨을 몰아쉬고 안정을 되찾자 몸이 늘어졌다. 의지와 상관없이 경련하듯 까딱거리는 손끝으로 눈자위를 문질렀다.

그녀는 선 자리에서 아래를 내려다봤다. 나무와 수

풀이 빽빽하게 우거진 발치 밑이 넉넉한 품처럼 푹신해 보였다. 그대로 몸의 중심을 조금만 앞으로 이동하면 그 안으로 안길 수 있을 거 같았다. 줄광대가 가만가만 외줄을 타듯 껍데기밖에 남지 않은 비루한 몸뚱이와 지치고 쇠약해진 정신 줄을 아슬아슬하게 붙잡은 상태에서 자신을 집어삼키는 구멍이 커질 때, 그 마지막 카드를 꺼내 쓸 마음을 먹으면 거기에 스며드는 이상한 평온과 삶의 희열을 그녀는 느꼈다.

'과거에 매이면 미래를 볼 수 없어요. 멀리 봐야 오늘을 살아갈 수 있어요.'

어제저녁 차담 끝자락에 할아버지가 그녀에게 말했다. 위압적이지도, 훈계하는 거 같지도 않은 어른의 말투였다. 혼자서 호젓한 길을 걷고 있는 젊은이에게 그저 먼저 인생을 살아본 윗사람이 건네는 진한 위로 같았다. 어쩌면 그녀가 대추나무 집으로 찾아들게 된 일은 한 번도 채워진 적 없었던 굶주린 마음의 허기를 채우기 위함이 아니었을까.

시간은 멈추지 않고 간다.

시계의 초침은 일정 속도로 째깍거려 흘러가는 시간을 만든다.

1시간, 아니 1분 전도 과거가 된다.

우리는 1초씩 죽어가는 삶을 살아낸다.

군이 그 카드를 꺼낼 필요가 있을까, 문득 그녀는 생각했다. 어차피 외줄의 끝에는 그 카드가 있음이 정해져 있지 않은가 의문했다.

스스로 자각하지 못했을 뿐, 그녀는 잔잔한 바람에도 심하게 나부끼는 불안이 일 때 늘 이런 방식으로 삶을 이어왔을 것이다.

엄마에게 전화를 걸었다. 전화기 너머 엄마의 목소리는 혼곤했다.

"병원에 가서 상담 치료를 받아야겠어."

"……."

엄마는 말이 없었다. 겹겹이 장막을 치고 있는 엄마의 속내를 알기는 어렵다. 이제는 더 알고 싶지 않았다. 괜한 일을 만드는 건 아닐까 싶어 잠시 망설이다가 말했다.

"엄마도 같이 치료를 받아야 해."

"내가 미쳤다는 거야?"

엄마는 끝이 갈라진 목소리로 따지듯 물었다.

"엄마도, 나도 미치지 않았어. 진짜 미치지 않으려고 그러는 거야."

엄마는 대꾸도 없이 일방적으로 전화를 끊었다. 상관없다. 엄마와 말을 나누고 나면 거북해지는 마음을 평소보다 손쉽게 떨쳐냈다.

'괜찮아, 역할극에서 빠져나와야 해. 나한테 문제가 있는 게 아니라 그저 내가 약했을 뿐이야. 약한 마음 먹지 마. 나를 찾아가는 것뿐이야. 누구도 날 비난하지 못해.'

있는 힘껏 아랫입술을 깨문 채로 그녀는 자신에게 다짐하듯 되뇌었다. 마저 내뿜지 못한 감정들에 잠식당하는 익숙한 느낌이 들었지만, 머리를 세차게 흔들어 내버렸다.

그녀는 빠르게 걸음을 옮겼다. 알알이 열매를 맺어 늘어뜨린 가지가 어루만지듯 그녀의 얼굴을 훔치는, 꽃송이마다 탐스러운 몽우리를 피워 그녀를 환대하는, 그녀의 새잎을 틔워줄 힘이 있는 강렬한 볕이 드는 그곳으로.

어스름한 기운을 걷어낸 아침 해가 부챗살처럼 번져 그녀가 내딛는 발치 아래를 따라 비추고 있었다.

작가의 말

 길을 걷다가, 카페에 앉아 창밖을 보다가, 코미디 프로를 보다가도 툭 떨어지는 눈물이 거듭되던 어느 날이 글을 쓰기 시작했습니다. 그리고 이 글이 몇몇 작가들의 작품과 함께 단편 소설집으로 출간된다는 연락을 받은 때, 고백하자면 이 글에 대한 복잡하고 미묘한 감정을 가지고 있었습니다. 혼자서 이 글을 써가던 그즈음의 저는 마치 세상과 유리된 듯한 상태였기 때문입니다. 스스로가 불안하게 느껴질 때 몸부림치며 써낸이 글이 이유를 알기 어려운 저의 눈물을 잠시나마 잦아들게 했습니다. 이 글을 읽고 그녀와 비슷한 심리상태를 가진 독자들이 있다면, 자기 자신을 응원하고 사랑하라는 말을 하라고 전하고 싶습니다. 무엇이든 괜찮습니다. 내가 괜찮으면 괜찮은 겁니다. 자신의 감정은 자신의 것입니다.

 글쓰기를 하는 동안만큼은 마음이 평온했습니다. 현실의 무게에 먹고 사는 일을 우선으로 하면서 검은 보자기로 싸매두었던, 아프고 그리웠던 이 작업을 열심히 이어가려고 합니다.

제 부족한 작품의 첫 출간을 도와주신 분들께 감사드리며 글쓰기에 녹여낼 수 있는 삶의 한 단면을 겪어낸 저에게, 애썼다고 격려해 주고 싶습니다.

감사합니다.

2023년

유난히도 추웠던 1월의 어느 날.

이달의 장르소설

자비로운 군주의
뜻대로 나를 만드소서

김채은

한양대학교에서 영화 연출을 전공했다. 학교를 다니며 찍은 영화들이 다수의 영화제에서 상영되었다. 「지구 최후의 해피엔딩」으로 2022년 평창국제평화영화제 피칭 프로젝트 본심에 진출했다. 처음 써본 SF 소설 「사랑의 블랙홀.mov」로 2022년 다산북스 X 밀리의 서재 SF 오디오 스토리 어워즈 우수상을 받았다.『온 세상의 세이지』와『하늘색 우주복을 입은 여자』를 출간했다.

혜안사에 손님이 도착했다.

누군가는 반가워하고 또 누군가는 반가워하지 않는 손님.

누군가는 손님이라 부르고 또 누군가는 주인이 돌아왔다고 말했다.

* * *

"이제 움직이는 겁니까?"

관묵은 기사인 테오에게 말했다. 테오는 고개를 끄덕였다. 그리고 그에게 명함을 건네며 말했다.

"한국에 있는 모든 카르티케야는 다 제 관할입니다. 혹시 보리 스님이 고장 나거나 궁금한 게 있으면 저한테 연락주시면 돼요."

"카르티케야요? 그걸 어찌 아십니까?"

"모델명이잖아요! '슈바라'에서 만든 안드로이드. 안드로이드란 말이 다른 기업에서 이미 상표권 등록해서……. 슈바라에선 안드로이드 말고 '카르티케야'라고 해요. 왜요?"

자비로운 군주의 뜻대로 나를 만드소서

"카르티케야는 위태천(韋馱天)의 또 다른 이름이죠."

"아, 네. 제가 지금 또 다른 곳에 가야 해서요. 문제 생기면 연락주세요."

테오는 짐을 챙겨 혜안사를 벗어났다. 관묵은 자신의 앞에 서 있는 커다란 카르티케야를 보았다.

"스님, 돌아오신 걸 환영합니다."

한국 최초의 스님 카르티케야가 혜안사에 왔다.

"안녕하세요."

보리가 입을 열자, 사람들은 저마다 감탄했다. 금속 소재가 노출된 머리만 빼면 영락없는 사람이었다. 그렇지만 보리는 로봇이다.

"관묵 스님. 여쭤보고 싶은 게 있습니다."

"네, 말씀하세요."

"저는 입적하신 혜주 스님의 가르침을 배워 만들어진 인공지능 로봇입니다."

"네, 알고 있습니다. 슈바라에서 우리 절에 선물로 스님을 주신 거 아니겠습니까."

"스님이 제 전원을 켰습니까?"

"아니요. 그게 궁금하신 겁니까?"

"왜 저한테 돌아온 걸 환영한다고 말씀하셨습니까?"

관묵은 걸음을 멈춰 보리를 쳐다봤다.

"저는…… 좋은 뜻이었습니다."

"나쁜 뜻 아닌 건 압니다, 스님. 그저, 묻고 싶습니다. 혜주 스님 때문인 거죠?"

관묵은 고민하다 고개를 끄덕였다.

"사실 몰랐습니다. 혜주 스님이 다시 돌아왔다고 생각했던 거 같습니다. 제가 생각이 짧았습니다."

"전 이곳이 처음입니다."

보리는 관묵을 향해 합장했다. 관묵도 보리에게 합장했다. 보리는 혜주 스님처럼 왼 다리를 절지 않았다. 그의 어깨와 허리는 올곧았다. 푸른 두피 대신 번쩍이는 금속이 있었다. 그는 주름도 기미도 하나 없었다. 그렇지만 보리는 혜안사에 대해 알고 있었다. 누구에게 묻지 않고 곧장 대웅전으로 갔다. 그곳엔 혜안사를 찾아온 많은 불자들이 있었다.

"혜주 스님이 환생하셨다!"

불자들은 보리를 보고 감격했다. 보리를 혜주 스님의 환생, 혹은 그 자체로 봤기 때문이다. 다들 보리를 향해 합장하고, 일전에 혜주 스님을 따랐던 사람들은 보리의 팔을 만지려고 했다. 모두 보리를 보고 혜주 스님이라 불렀다.

"혜주 스님, 이렇게 돌아오실 줄 알았습니다."

"스님, 저 기억하세요? 마지막 강연에도 갔었는데……."

"스님! 너무 아름다워지셨습니다!"

보리는 자신의 팔을 잡고 있는 팔들을 떼어냈다. 그렇지만 그의 표정은 큰 변화가 없었다.

"전 혜주 스님이 아닙니다."

대웅전 앞은 또 다른 소란이 생겼다. 그중 누구인지 알 수 없는 자가 소리쳤다.

"당신은 혜주 스님으로 만든 로봇이야!"

다들 그의 말에 동의한다는 듯 고개를 끄덕이고 웅성거렸다.

"아니요. 혜주 스님은 이미 돌아가셨습니다."

보리의 말에 사람들은 기겁했다. 입적도 아니고 그냥 죽었다고 말한 보리에 놀란 것이다.

"그럼 뭔데!"

"전 혜주 스님의 생전 가르침을 통해 만들어진 카르티케야입니다. 혜주 스님이 아니고 보리입니다. 전 혜주 스님의 윤회의 그릇이 아닙니다. 전 이곳에 돌아오지 않았습니다. 떠난 적이 없기 때문입니다."

관묵은 급하게 보리의 손목을 잡아끌었다. 보리는

김채은

인간이 아님을 증명하듯 꿈쩍도 하지 않았다.

"어머, 불경해라!"

"쇳덩어리 주제에, 못 하는 말이 없어."

"이런 건 도대체 왜 만든 거야?"

보리는 그 사람을 쳐다봤다. 막상 보리가 관심을 가지니, 아무 말도 못 했다.

"저를 왜 만들었냐고요?"

보리는 그 사람의 눈을 하염없이 쳐다봤다. 관묵은 여전히 보리의 손을 잡아끌었다. 그제야 보리는 조금씩 끌려갔다. 보리가 대웅전을 떠나 관음전으로 들어서서야 사람들은 다시 웅성거렸다. 보리가 눈앞에서 사라져서야, 보리를 다시 욕하기 시작했다.

"그렇게 말하면 안 됐습니다."

"열반이나 입적이라 말하지 못했던 건 죄송합니다. 제 불찰입니다."

"그게 아니라, 그렇게 비꼬지 말란 뜻입니다."

"비꼬다니요?"

보리는 말간 얼굴로 관묵을 쳐다보며 말했다. 보리는 비꼬지 않았다. 그저 느낀 그대로 말했을 뿐이다.

"저분들의 기분이 상했잖습니까."

보리는 또 관묵을 쳐다봤다.

"제 기분은 왜 생각 안 하십니까, 스님."

관묵은 아직 보리를 몰라 보리가 어떤 말을 할지 몰랐다. 보리를 혜주 스님과 헷갈리기도 했고, 인간처럼 대해야 할지도 몰랐다. 어느 나이대에 맞춰 대해야 할지도 몰랐다.

"그러려고 했던 건 아닙니다. 미안합니다."

"상처받지는 않았습니다. 그렇지만 분명 말하지 않았습니까? 저는 혜주 스님이 아닙니다."

산바람 소리가 들렸다. 바람의 사이사이엔 웅성거리는 사람들의 미운 마음도 들렸다. 보리는 주먹을 꼭 쥐었다. 보리의 피부 아래 근육에서 노란 불빛이 번쩍였다.

"전 혜주 스님과 달리 밥을 먹지 않아도 됩니다. 혜주 스님처럼 아픔을 느끼지 못합니다. 저는 꼿꼿하게 앉아 있을 수 있습니다."

관묵은 보리의 손을 쳐다봤다. 보리가 힘을 주는 곳은 모두 불빛이 들어왔다.

"그래도 그 안엔 혜주 스님이 있지 않습니까. 우린 아직 잘 모르는 것뿐입니다. 그 안에 혜주 스님만 있다면 혜주 스님이라고 해도 되는지, 보리 스님만의 무언가가 있기는 한지, 모릅니다. 몰라서 저들이 실수한 겁니다."

"스님도 아직 모릅니까?"

"예, 보리 스님."

"근데 왜 저를 보리라고 부르십니까."

"보리라고 불러주길 원한다면서요. 그러니 전 그렇게 해드리는 겁니다."

"제가 혜주 스님이길 바라십니까? 제 안은 혜주 스님만 있고, 나머지는 모두 불순물이라고 생각하시는 겁니까?"

"제 말을 곡해하지 마십쇼. 혜주 스님은 우리에게 각별한 분이셨습니다. 그분을 잃는다는 게 얼마나 큰 상실이었는지, 스님이 몰라서 그러시는 겁니다."

"혜주 스님이 절 만들기로 선택하신 겁니까."

관묵은 말을 잇지 못했다.

"말씀해주십시오."

"여태까진 몰랐습니다. 기사를 보고 나서야 알았습니다."

"생전에 아무 말도 남기지 않으신 겁니까?"

"예. 맞습니다."

"각별했다면서요. 근데 이런 충격적인 일에 대해서 언질도 안 하시고 가신 겁니까?"

"이게 쉬운 일이 아니잖습니까. 불자들이 어떻게 생각하겠어요! 지금도 혼란스럽기 그지없는데."

"저는 혼란을 위해 만들어졌을지도 모릅니다."

보리는 자리에서 일어났다. 관묵도 흥분을 가라앉히고 자리에서 일어났다. 그의 무릎에서 딱 소리가 났다. 보리는 합장했다. 관묵도 따라 했다. 보리의 손은 관묵과 달리 상처도 털도 없었다.

"공양 시간이지요?"

"전 충전하러 가보겠습니다."

보리가 사라지자, 관묵은 헛웃음을 지었다. 왠지 배에서 소리가 유난히 크게 들리는 날이었다. 혜안사에 노을이 가라앉았다. 혜안사를 시끄럽게 만들던 사람들도 다들 돌아갔다.

* * *

"여러분 뒤로 보이는 곳의 이름이 뭔지 아십니까?"

사람들은 일제히 뒤를 돌아봤다. 문 앞에는 보리가 서 있었다. 보리는 다른 사람들처럼 뒤를 돌아봤다. 자신감 없는 목소리가 곳곳에서 들렸다. 관묵은 그 주인공들에게 인자하게 웃어 보였다.

김채은

"예, 맞습니다. 명부전입니다. 그렇다면 명부전에 누가 계신지 아시는 분도 있을까요?"

다들 쉽게 입을 떼지 못했다. 관묵은 그래도 웃었다. 보리는 관묵을 따라 힘을 줬다. 어떻게 하는지 몰라 입꼬리 근육이 딱딱하게 느껴졌다. 보리의 시야로 노란빛이 아른거렸다. 보리는 입꼬리를 내렸다. 그랬더니 노란빛도 사라졌다.

"바로 지장보살님을 비롯한 29존상이 모셔져 있습니다. 오늘 이 시간엔 지장보살님에 대해 이야기해보도록 하겠습니다."

관묵이 이야기를 시작한 지 얼마 되지도 않아 곳곳에서 무릎과 허벅지를 주무르는 사람들이 생겨났다. 보리는 그들과 달리 움직이지 않고 꼿꼿하게 그 자세를 유지했다.

"지장보살님은 지옥문 앞에 서서 주장자(拄杖子)를 짚은 자이십니다. 주장자라는 건 그냥 지팡이라고 생각하시면 됩니다."

보리는 지팡이가 뭔지 몰랐다. 그래서 지옥문 앞에 선 지장보살을 떠올리기 쉽지 않았다.

"대원본존 지장보살."

"대원본존 지장보살."

관묵이 선창하자 다른 사람들이 그를 따라 했다. 보리가 입도 뻥긋하지 않자, 주변에 있던 불자들이 보리를 흘겨봤다.

"이 분이 지옥문 앞에 왜 서 있기로 결심했을까요. 바로 우리와 같은 중생들 때문입니다. 지장보살님은 모든 중생이 죽고 다시 태어나 종국에 성불할 때까지 이를 지켜보기 위해 성불하지 않은 겁니다. 한 명도 빠짐없이 부처님의 가르침을 따라 해탈에 이를 때까지. 최후의, 최후에 살아남은 인간까지 기다리시고 보살피려고 하신 겁니다."

관묵은 잠시 목을 축였다. 그의 시선에 보리가 보였다. 하지만 금방 시선을 피했다.

"지장보살님은 육도의 모든 중생을 교화하고 구제하시려는 분입니다. 그분은 언제까지나 여러분을 지켜보고 있습니다. 그것도 지옥문 앞에서요."

관묵이 웃자, 사람들도 조금씩 웃었다. 분위기는 유하게 흘러가고 있었다.

"사실 우리는 결국 무로 향해 가야 하는 사람이에요. 우리의 삶은 해탈을 위해 흘러가는 거죠. 우리는 지옥도에 가지 않고 천상도에 가려는 게 아니고 그 모든 윤회의 굴레에서 벗어나 아무것도 아닌 존재가 되기 위해 살아가는 겁니다. 우리의 가치는 무에 있다는 겁니다. 그렇기 위해선 우린 어떻게 해야 할까요? 아마 여기 온 분들도 그 방법을 알기 위해 매일 절하고 성찰하는 거겠죠?"

관묵은 '무'가 대단한 것인 양 말했지만 사실 그건 보리에게 너무나도 쉬운 일이었다. 보리는 사람이 아니기 때문이다. 사람은 죽으면 시체가 되고, 그 시체는 쉽게 사라지지 않는다. 악취를 풍기며 점점 흉물스러워진다. 하지만 보리는 그렇지 않았다. 보리는 그저 전원이 꺼지면 너무나도 쉽게 무의 존재가 될 수 있다. 누군가 보리를 다시 충전하지 않는다면, 보리의 데이터를 백업해 다른 곳으로 옮기지 않고 그대로 방치한다면, 보리는 그렇게 죽음 이후 아무것도 없게 된다.

보리에게 그걸 죽음이라 할 수 있을까? 그게 언제든 누군가 보리의 전원을 켜면 다시 보리는 유의 존재가 된다. 그렇다면 그건 보리에게 다음 생이 주어진 거라고 할 수 있을까?

보리는 지옥도를 떠올려봤다. 용암이 물처럼 쏟아지고, 주인을 알 수 없는 비명이 난무하는 곳. 생명은 존재하지 않는 곳. 그리고 저 멀리 보이는 지장보살. 보리는 지장보살이 마지막까지 자신을 기다려줄지 궁금해졌다.

"끝까지 겸손하고 또 겸손하세요. 우리는 무언가를 쟁취하기 위해 사는 게 아니고, 모든 걸 놓기 위해 사는 거니까요."

보리는 관묵과 눈이 마주친 걸 느꼈다.

관묵의 가르침을 듣고 생각해봤지만 보리는 여전히 알 수 없었다. 지장보살이 보리 또한 기다려줄지를.

* * *

보리는 관음전에 놓인 포단을 일일이 확인했다. 그 중에 더러운 건 한쪽에 모아뒀다. 풍경 소리가 유난히 많이 들렸다. 하늘을 바라보니 우중충한 게 곧 비가 올 듯했다. 보리는 더러워진 포단을 품에 안았다. 관음전 을 나서려고 했으나, 보리가 벗어둔 신발이 없어졌다. 보리는 하는 수 없이 맨발로 관음전을 나섰다.

"스님!"

관음전 아래에서 낄낄거리던 동자승들이 있었다. 보 리는 그들이 신발을 숨긴 걸 알아챘다. 하지만 별다른 말을 하진 않았다.

"궁금한 게 있습니다!"

김채은

"알려주십쇼!"

"제가 답할 수 있는 게 맞습니까? 저 말고 관묵 스님이나 다른 분에게 여쭤보는 게 더 좋은 대답이 될 텐데요."

"아닙니다. 이건 꼭! 보리 스님이 답해주셔야 합니다."

보리는 걸음을 멈춰 동자승들을 봤다. 동자승들은 보리가 걸려들었다는 생각에 실실 웃으며 물었다.

"스님이 되려면 승가 시험을 보지 않습니까?"

"네. 그렇습니다."

"그럼 스님은 몇 점 맞았습니까?"

"전 시험을 보지 않아서 몇 점짜리 스님인지 모르겠습니다. 여러분은 저보다 훌륭한 스님이 되기 위해 더 정진하시길 바랍니다."

보리는 곧 비가 올 거 같아 자리를 피하려고 했다. 하지만 그중 가장 키가 큰 동자승이 다시 보리의 옷자락을 붙잡았다.

"보리 스님은 비구니입니까? 알려주십쇼! 알려줄 때까지 저흰 여기 있을 겁니다."

"저는 뭐인 거 같습니까?"

보리가 도리어 묻자 옷자락을 잡았던 동자승은 멈칫했다.

"여자……?"

"왜 그렇게 생각하십니까?"

"여자같이 생겼으니까요……."

보리는 마음에 들지 않았다. 거칠게 힘을 줘 옷자락을 잡은 손을 놓았다. 그리고 맨발로 뚜벅뚜벅 걸었다. 별 중요하지도 않은 질문과 마땅치 않은 답이었다. 보리는 저 동자승들이 무례하게 자신을 잡은 걸 관묵에게 말할지 고민했다.

혜안사에 유일하게 한 대 있는 세탁기에 섰다. 생각해보니 어떻게 돌리는지 아직 배우지 못했다. 포단을 세탁기 안에 넣었으나, 작동시키는 법을 몰랐다. 보리는 한참이고 세탁기에 있는 버튼과 화면을 쳐다봤다. 답이 나오지 않아 누군가에게 물어보려고 나가려는데 한 동자승이 보리 앞에 다가왔다. 혜안사에 있는 동자승 중 가장 덩치가 작은 동자승이었다. 보리는 아직 이름을 몰라 그를 부르지 못했다.

동자승은 보리에게 숨겨둔 신발을 건넸다.

"스님, 죄송합니다……."

보리에게 신발은 그다지 중요하지 않았다. 하지만 이 신발이 신경 쓰여 비를 맞은 채 온 동자승이 갸륵했다. 보리는 신발을 받았다.

"스님, 다음번에는 이런 짓 하지 않겠습니다. 정말로 죄송합니다. 관묵 스님에게는…… 아닙니다. 벌은 달게 받겠습니다."

고개를 푹 숙인 동자승의 앞에 보리는 무릎을 굽혔다. 그와 시선이 맞았다. 보리의 무릎은 옷을 뚫고 노란 빛을 내보였다. 동자승은 그 모습이 신기한지 쳐다봤다.

"이름이 뭡니까?"

"정우입니다."

"정우는…… 제가 여자라고 생각합니까?"

정우는 눈을 굴리며 생각하다가 고개를 끄덕였다.

"왜 그렇게 생각합니까?"

"그야…… 보리 스님은 혜주 스님을 본떠 만들었으니까요."

보리는 사실 정우의 답도 마음에 들지 않았다. 하지만 그의 머리를 쓰다듬었다.

* * *

"잠은 잘 잤어요?"

사람이 떠나 조용해진 명부전 앞에서 관묵은 보리에게 물었다. 다행히 비는 금방 그쳤고 해가 들어 바닥은

젖지 않았다.

"저는 잠을 자지 않습니다."

보리는 관묵을 봤다가 말을 덧붙였다.

"반항하는 것도 아니고 비꼬는 것도 아닙니다. 전 그저 잘 필요 없는 모델이라는 뜻으로 말했습니다."

"알겠습니다. 카르티케야식 농담이군요. 참고하겠습니다."

보리는 구석에 놓인 빗자루를 들었다. 딱히 지저분하진 않았지만 그저 싹싹 소리를 내며 쓸었다.

"제가 혜주 스님에 대해 말하는 게, 혹시 기분 나쁩니까?"

보리는 빗자루를 쓸며 생각했다. 기분이라는 것에 대해서.

"전 아직 기분이란 것의 정의를 모릅니다. 그러니, 스님이 하고 싶은 대로 해주시면 됩니다. 그러면서 저는 배우겠죠."

관묵도 보리처럼 빗자루를 들었다. 치울 게 없는 흙바닥을 쓸며 말했다.

"혜주 스님의 습관이었습니다. 빗자루를 드는 것."

"그렇습니까?"

"혜주 스님이 말년엔 다리도 안 좋아지셨어요. 그래

도 매일 같이 일어나셔서 여기를 쓸었어요."

"이곳, 명부전 앞 말입니까?"

"예, 지장보살님이 모셔진 명부전 앞이요. 혜주 스님은 지장보살님에 대해 이야기하는 걸 좋아하셨어요. 아, 이건 보리 스님이 더 잘 아시려나."

관묵이 입을 다물면 둘 사이엔 싹싹 소리만 났다. 관묵은 왜인지 그 소리를 참지 못하고 또 물었다.

"보리 스님에게 혜주 스님은 어떤 사람인 거 같나요? 아, 질문이 너무 이상했나. 그러니까, 어떻게 기억? 하, 어렵네요."

"혜주 스님의 가르침을 배운 로봇에게 혜주 스님이 어떻게 의미하는지를 묻는 거라면. 사실 혜주 스님에 대해선 느껴지는 게 없습니다. 무입니다."

보리는 잠시 빗자루를 멈추고 대답했다. 관묵은 보리의 말이 이해가 되지 않았다.

"없다고요?"

"그렇게 놀랄 일인가요. 아무것도 안 느껴집니다. 전 그 가르침에서 시작하고 배운 기계지, 혜주 스님의 자식이나 환생이 아닙니다. 제 안에는 혜주 스님의 영혼이나 그런 것들은 아무것도 없습니다. 그저 수학적으로 작용합니다."

보리는 말하고 나서야 뒤늦게 관묵의 기분이 신경
쓰였다. 이걸 들은 관묵의 기분은 '나쁠까'? 보리는 관
묵에겐 미안했지만 무언가 배운 느낌이 들었다.

"신기합니다."

"무엇이 말입니까?"

"보리 스님은 정말 저보다 많은 걸 깨우친 존재 같습
니다."

"외람된 말씀이지만, 이건 깨우친 게 아니라 사실입
니다. 혜주 스님은 저에게……."

"예, 압니다. 사실을 우린 잊고 사니까요. 보리 스님
이 저에게 가르침을 줬습니다. 기분 나쁘지 않습니다."

관묵은 무언가 후련한 마음이 들었다. 사실 보리는
몇 번이고 본인은 혜주 스님이 아니라고 말했다. 하지
만 이제야 아니라는 확신이 들었다. 관묵은 이제야 마
음이 편해진 기분이었다.

"이제야 보리 스님의 말을 믿은 거 같습니다. 미안합
니다."

"스님의 말을 이해하지 못했습니다."

"아닙니다."

관묵은 보리가 전처럼 난감한 상황에 빠진다면 기꺼
이 구해주고 편들어주기로 결심했다. 관묵은 경쾌하게

김채은

빗자루를 쓸었다.

"스님, 말씀을 듣고 궁금한 게 생겼습니다."

"말씀하시죠."

"총 세 개입니다."

관묵은 허허 웃었다.

"하나씩 하십시오, 보리 스님."

보리는 무엇을 먼저 물어야 할지 생각했다. 그중에서 가장 먼저 떠올렸던 궁금증에 대해 묻기로 했다.

"혜주 스님은 왜 저를 만들기로 결심하셨나요?"

관묵은 쉽게 답하지 못했다. 입을 다시다가 나중에서야 말했다.

"저도 알지 못합니다. 혜주 스님이 떠나고 나서, 한참 후에 회사 사람들이 왔습니다. 곧 혜주 스님의 뜻대로 만든 로봇 스님이 올 거라며. 저희도 처음엔 그 의중을 알지 못해 많이 따졌죠."

"그래서요?"

"그 사람들이 결국엔 혜주 스님과 쓴 계약서와 뭐 이것저것 들이밀었어요. 혜주 스님과 약속했던 건 맞더라고요. 우리도 알지 못했어요. 그저 남들보다 1, 2년 앞서서 보리 스님이 나올 거란 사실만 알았죠. 답변이 못 됐네요."

"괜찮습니다. 그래도 알려주셔서 감사합니다."

"진짜 알 수 없어요, 혜주 스님은. 왜 그랬을까요? 혜주 스님에게 득이 되는 건 무엇이었을까 고민했지만, 결국 우린 알 수 없었죠."

"회사에서 먼저 만들기로 했을까요? 아니면 혜주 스님이?"

"그건 알아요. 혜주 스님이 제안했다고 해요. 아, 보리 스님은 모르시겠구나. 우리나라엔 오직 보리 스님뿐이에요."

보리는 관묵을 바라보았다. 관묵은 이미 중천에 뜬 해를 바라봤다. 눈을 잔뜩 찌푸리고 해와 그 위를 나는 새들을 바라봤다. 보리는 눈 하나 깜빡하지 않고 해를 바라봤다. 새가 지저귀는 소리, 그리고 저 멀리에서 물 흐르는 소리가 이따금 들렸다.

"이해하지 못했습니다."

"스님, 카르티케야는 우리나라에 오직 보리 스님뿐입니다. 다른 나라에도 종교 카르티케야가 있다고 하는데, 뭐, 이 나라엔 하나뿐입니다."

"아직 초반이니 그런 거라 생각합니다."

"보리 스님, 부끄러워 마십시오. 그냥 그렇다고요."

"혜주 스님이 제안을 했다는 거, 더 알려주세요."

"아, 혜주 스님이 카르티케야 회사 대표한테 먼저 이야기하셨다고 합니다. 그때 이미 인공지능 로봇이 나온다는 건 알려졌을 때거든요. 혜주 스님이 말씀하셨대요. 다른 용도가 아니고 오직 깨달음을 얻기 위해서 살아가는 가장 객관적인 스님이 있었으면 좋겠다고."

관음전에 걸어둔 풍경 소리도 들려왔다. 보리는 풍경 소리에 집중했다. 일순간 모든 소음이 사라지고 풍경 소리만 들리기 시작했다. 불규칙적으로 울리는 소리에 보리는 궁금증이 떠올랐다.

"제가 객관적일까요, 과연?"

관묵은 보리의 손에 들린 빗자루를 가져갔다. 구석에 빗자루를 두고선 관묵은 말했다.

"보리 스님, 스님은 저와 많이 다릅니다."

"이해하지 못했습니다."

"저와 팔씨름을 해보겠습니까?"

관묵은 승복의 소매를 걷으며 보리에게 말했다. 보리는 관묵의 팔을 바라보며 말했다.

"스님, 제가 이깁니다."

관묵은 호쾌하게 웃었다. 그의 웃음소리가 절을 채우는 거 같았다.

"어떻게 아십니까?"

"전 통각을 느낄 줄 모릅니다. 그리고 피부 안쪽은 뼈와 근육이 아니고 더 강한 소재로 돼 있습니다."

"맞습니다. 그렇다면 보리 스님은 인간인 저보다 강하다는 뜻이네요."

"신체적인 강함을 논하시는 거라면, 맞습니다."

"그리고 보리 스님이 저보다 뛰어난 게 하나 더 있습니다."

관묵은 자신의 관자놀이 부근을 톡톡 쳤다.

"보리 스님은 모든 걸 기억하지 않습니까."

"네. 맞습니다."

"인간보다 강한 몸, 인간보다 뛰어난 기억력. 그렇다면 저보다 더 오래오래 살며 더 많은 걸 깨달을 수 있겠네요."

관묵은 보리를 바라봤다. 보리도 관묵을 바라봤다. 보리는 이제야 관묵의 눈 아래에 점이 있다는 것과 턱 밑에는 흉터가 있는 걸 알게 됐다.

"더 오랜 시간 동안 그 모든 물음의 답을 채워가며 사십시오."

"그게 혜주 스님의 뜻이겠죠?"

"그것도 보리 스님이 채워야 할 물음 중 하나겠지요."

김채은

* * *

아직 보리를 온전히 보리로 보는 불자들은 많이 없었다. 하지만 보리는 괜찮았다. 관묵의 말대로 오래 살 거 같다는 생각이 들었기 때문이다. 정확한 수명은 알 수 없지만 이곳, 안전한 혜안사에 있다 보면 혜주 스님보다도 더 오래 살 수 있을 거 같은 기분이 들었다. 혜주 스님의 뜻은 아직 알 수 없었지만, 그게 무엇이든 그의 뜻대로 만들어진 본인을 믿기로 한 것이다.

답을 찾아가는 매일, 그게 보리에게 주어진 생이자 보리를 만들기로 한 자의 뜻이라고 믿으며, 보리는 살기로 결심했다.

작가의 말

어릴 적부터 신과 종교에 대한 제 생각은 혼란 그 자체였습니다. 불교를 믿는 집안에서 태어난 저는 우연찮게 미션스쿨을 다니게 됐고, 그 이후 예배 때마다 찬송가를 부르는 하나님의 자식이 되곤 했습니다. 오랜 기간 종교관에 대한 혼란을 겪다가 결국 의심과 의문을 갖게 됐습니다.

절대적인 자가 있을까. 만약 있다면 그가 연민하는 생명체는 그들이 창조한 생명체만을 말하는 걸까. 숨을 쉬고 생각할 줄 아는 종은 포함되는 걸까. 혹은 숨을 쉬지 않아도 사유할 줄 아는 자들도 포함되는 걸까. 저는 끊임없이 고민했습니다. 누군가가 그렇게 부르짖는 절대자는 새로운 존재에 대해 얼마나 보수적인지, 혹은 얼마나 관대할지 고민하다 답을 알고 싶어 글을 썼습니다.

아쉽게도 여전히 신과 그의 뜻은 알 수 없습니다. 그 모든 것에 대해 조금이라도 알게 된다면 또 글로 써보겠습니다. 그때까지 모두 무탈하시길 바랍니다.